VICTORIA JADE RICHARD

Erwachende Lust

AF220336

.

Victoria Jade Richard

Erwachende Lust

Erotische Fantasien

———————————————

40 Kurzgeschichten

Bibliografische Information der Deutschen
Nationalbibliothek:
Die Deutsche Nationalbibliothek verzeichnet diese
Publikation in der Deutschen Nationalbibliografie;
detaillierte bibliografische Daten sind im Internet über
http://dnb.dnb.de abrufbar.

Originalausgabe
© 2021 Victoria Jade Richard
Umschlaggestaltung mit Canva
Bildquelle: Photo by Ron Whitaker on Unsplash
Herstellung und Verlag: BoD – Books on Demand,
Norderstedt
Printed in Germany
ISBN: 9783755758686

Inhalt

Vorwort

Die vierzig Kurzgeschichten sind eine Ergänzung des Werkes „Süßes Verlangen", welches 2020 erschienen ist. Die Geschichten beschreiben zum Teil sehr direkt formulierte und detaillierte erotische Fantasien. Liebe, Lust und Leidenschaft vereinen sich mit Erotik, Dirty Talk und hemmungslosem Sex.

Geben Sie sich hin und lassen Sie sich für einen Augenblick zu einem Abenteuer entführen! Ich nehme Sie mit auf eine Reise zu meinen geheimsten Wunschvorstellungen.

Dieses Buch widme ich einem Mann, der mich zu all den Geschichten inspiriert hat. Herzlichen Dank, mein Lieber!

Viel Freude beim Lesen!

Victoria Jade Richard

VÖLLIG UNBEOBACHTET

Schon lange habe ich mir vorgestellt, wie es wohl wäre, dich beim onanieren zu beobachten. Ich stelle mir vor, wie du dich völlig ungestört fühlst und anfängst, dich anzufassen.

Den ganzen Tag über gingen dir bereits Sex-Fantasien durch den Kopf, die dich ganz nervös werden ließen. Immer wieder fuhr sich dein Penis zu seiner vollen Größe aus und hinterließ eine sichtbare Beule in deiner Hose. Du kannst es kaum abwarten, für dich allein zu sein.

Du hast dir den Feierabend sehnlich herbeigewünscht. Bereits während der Autofahrt wandert deine Hand immer wieder zu deinem besten Stück. Du würdest ihn am liebsten auf der Stelle herausholen und direkt Hand anlegen. Laut denkst du darüber nach, am Straßenrand anzuhalten. Oder doch lieber an dem Rastplatz ganz in der Nähe? Dort befindet sich ein abgelegenes Waldstück. Oder solltest du die fünfundvierzig Minuten Autofahrt nach Hause einfach durchhalten?

Ständig von der Sorge begleitet, dass dir der Reißverschluss deiner Hose vor lauter Erregung gleich aufspringt, setzt du den Blinker und fährst auf den Rastplatz. So unauffällig wie möglich läufst du in den Wald und schaust dabei angespannt umher. Deine Hand wandert automatisch zum Schritt und streicht über die Beule, so als wolltest du ihr mitteilen, dass es gleich soweit ist.

Als du dich als weit genug abseits vom Weg entfernt empfindest, lehnst du dich an einen Baum, öffnest deine Hose und fängst direkt an, schnelle Handbewegungen an dir auszuführen. Ich kann nur ahnen, wie sich das für dich anfühlt. Es ist sicher von dem Gefühl begleitet, als würde eine große Last von dir abfallen. Endlich kannst du den Gedanken daran loslassen und dich dem hingeben, woran du schon den ganzen Tag denken musstest. Du bist geil, du bist heiß, du bist allein mit dir.

Doch plötzlich hörst du Stimmen. Mehrere Menschen kommen dir in einer Gruppe entgegen. Unvollrichteter Dinge ziehst du dich wieder zurück. Auf halbem Weg quetschst du dich in die Hose, steigst zurück ins Auto und freust dich wieder einmal auf zu Hause. Immer noch geil. Und heiß. Und in einer viel zu engen Jeans.

Keinen klaren Gedanken mehr fassend, geht es zurück auf die Autobahn. Von einem Stau in den nächsten. Dir kommt wieder die Idee in den Kopf, einfach hier und jetzt die Hose zu öffnen und dort weiter zu machen, wo du zuvor unterbrochen wurdest.

Als du gerade ein Stück deines Reißverschlusses öffnest, fährt ein LKW ganz langsam an dir vorbei und dir fällt wieder ein, warum du dich zuvor dagegen entschieden hattest. Durchhalten. Du entscheidest dich fürs Durchhalten. Aus einer fünfundvierzig Minuten Strecke werden neunzig Minuten. Neunzig unglaublich lange Minuten.

Zuhause in der Einfahrt angekommen, fängt dich direkt ein Nachbar ab und erzählt dir etwas von einer Mitgliederversammlung und über wichtige Entscheidungen, die getroffen werden müssen. Du entschuldigst dich mit den Worten, dass du jetzt auch noch wichtige Arbeiten vor dir hast und dass noch ein harter Abend vor dir liegt.

Deine Haustür ist nun verschlossen und du beschließt, heute nichts mehr zu öffnen, außer deiner Hose. Du legst dich auf die Couch und deine Hand geht zielgerichtet Richtung Schritt. Endlich kann es losgehen.

Du liegst da, mit geöffneter Hose und deine starke Hand bewegt sich auf und ab. Dein Stöhnen hallt durch die Wohnung. Dein hartes Glied wird immer härter und feuchter. Der lang ersehnte Moment der Entladung kommt näher. Wie gerne hätte ich dir dabei zugesehen.

ICH HAB DICH TANZEN SEHEN

Du. Mitten auf der Tanzfläche. Ganz bei dir und voll in deinem Element. Du bewegst dich zu lateinamerikanischen Klängen. Und wie du dich bewegst! So viel Erotik auf einmal ist für mich kaum auszuhalten. Dein Hüftschwung, dein schlanker Körper, du als Person. Du verschmilzt förmlich mit der Musik und ihr werdet eins.

Ich würde jetzt auch gerne eins mit dir werden.
Ich gebe es ja ungern zu, aber du machst mich geil.

Ich stelle mir vor, wie du mich plötzlich packst, an den Tresen trägst und wir dort gegenseitig anfangen, einige Stellen unserer Körper näher zu erkunden. Ich stelle mir vor, wie aufregend das sein könnte. In meiner Vorstellung treiben wir es direkt an der Bar. Du schiebst meinen viel zu kurzen Rock hoch und entdeckst, dass da weiter nichts ist. Freier Zugang für dich.

Unterwäsche wird manchmal einfach überbewertet. Ich öffne deine Hose und bemerke sehr schnell, dass wir beide ähnlich zu denken scheinen. Direkt halte ich dein hartes Glied in meiner Hand und kann es kaum erwarten, bis du in mir steckst. Als du dich mir näherst, halte ich mich an deinem strammen Hintern fest und ziehe dich gleichzeitig noch enger an mich heran. Ich spüre deine Erektion jetzt hautnah.

„Komm rein", flüstere ich dir auffordernd ins Ohr. Das lässt du dir nicht zweimal sagen und schon lässt du mich heftig aufstöhnen.

Ich werde von meiner ausschweifenden Fantasie unterbrochen, als ich feststelle, dass du nicht mehr auf der Tanzfläche bist. Ich ärgere mich, dass ich jetzt wahrscheinlich die Chance auf ein aufregendes Abenteuer vertan habe.

Ich suche den Raum nach dir ab. Nichts. Die Bar. Nichts. Als ich vor den Toiletten stehe, stelle ich mir vor, du würdest plötzlich an der Tür stehen, dich kurz umsehen und mich dann zu dir hereinziehen. Du würdest mich leidenschaftlich küssen und mir deinen erigierten Penis in meine Mitte pressen. Ich stelle dann fest, dass du genauso küsst, wie du tanzt. Du drückst mich gegen die Tür und ich kann dich noch intensiver als zuvor spüren. Ich fühle deine Hand zwischen meinen Schenkeln und ich liebe dieses Gefühl.

Dein Finger dringt in mich ein und erfährt meine Geilheit. Ich kann es kaum erwarten, mehr von dir zu spüren. Dein heißer Atem an meinem Hals macht mich verrückt. Mir wird ganz heiß und mein Herz schlägt immer schneller. Ich fasse mit meiner rechten Hand an deinen Schritt und erahne, was mich gleich Großartiges erwartet. Du öffnest deine Hose und hebst mich zielgerichtet auf deinen Schwanz. Rhythmisch stößt du mich gegen die Tür. Dass du ein Gefühl für rhythmische Bewegungen hast, hast du ja bereits auf der Tanzfläche bewiesen.

Aber es bleibt bei der Vorstellung. Als ich dich nach einer halben Stunde immer noch nicht finde, nehme ich meinen Mantel und gehe etwas geknickt vor die Tür.

Dort stehst du und lächelst mich an. Es fühlt sich so an, als hättest du gerade all meine Gedankengänge mitbekommen. Du reichst mir deine Hand und fragst einfach nur „Gehen wir?" Ich kann nicht anders, als auch zu lächeln und sage „Ja."

DAS SCHWEIGEN DER MÄNNER

Es verschlug mir den Atem. Dein Anblick. Deine Erscheinung. Jede Faser deines Körpers.

In einem Laden stehe ich auf einmal vor dir und sehe dich wie hypnotisiert an. Du schaust mir erwartungsvoll in die Augen, aber ich bekomme kein Wort über die Lippen. Eine gefühlte Ewigkeit stehen wir uns so gegenüber. Ich bin sprachlos. Was machst du bloß mit mir?

Plötzlich nimmst du meine Hand und führst mich in einen Raum, der einem Lager gleicht. Du schließt die Tür und ich denke, es naht der Moment, in dem ich endlich deine Stimme höre. Ich will alles über dich erfahren; wer du bist, was dich ausmacht. Ich gehe einen Schritt auf dich zu, aber nichts passiert. Du schaust mich an. Ich gehe noch einen Schritt weiter auf dich zu. Nichts. Du hast dich an den Tisch, der hinter dir steht, gelehnt und bist nun zum Greifen nahe. Mit meiner rechten Hand berühre ich dich an deiner schlanken Taille. Der Rest meines Körpers ist gefühlt einen Zentimeter von dir entfernt. Du atmest tief ein und schließt dabei kurz deine Augen.

Als auch deine Hände meinen Körper berühren, spüre ich meine Aufregung wieder intensiver. Mein Herz überschlägt sich förmlich. Nachdem du über meine Arme und über meinen Rücken streichst, lehne ich mich bei dir an. Ich streiche etwas unterhalb deines Gürtels entlang und bemerke bereits deine Erektion. Als ich mich fester an dich drücke, spüre ich deinen harten Penis in meiner Mitte - und ich genieße es. Ich habe am ganzen Körper Gänsehaut. Jede Berührung von dir ist wie ein kleiner Stromschlag.

Sanft berühre ich deinen Schritt mit meiner rechten Hand und höre dich dabei wieder tiefer einatmen. Ich spüre deinen Atem in meinem Nacken. Du küsst mich am Hals und ich öffne langsam deine Hose. Ich frage dich, ob die Tür abgeschlossen ist. Du sagst, man könne sie nicht verschließen und küsst mich im gleichen Moment. Ich habe das Gefühl, ich habe mein ganzes Leben nur auf diesen einen Moment gewartet.

Mein Herz schlägt mir bis zum Hals. Ich spüre deine unbändige Leidenschaft.

Wieder drückt sich dein hartes Glied an mich. Als ich deine Unterhose ein Stück herunterziehe, streckt es sich mir entgegen und ich kann es kaum abwarten, wie es sich anfühlt, dich in mir zu spüren. Du machst mich verrückt und du riechst unglaublich gut. Es ist ein holzig-frischer Duft, der mir alle Sinne raubt.

Während meine Hand deinen Penis umgreift, knöpfst du meine Hose auf, ziehst sie ein Stück herunter und lässt deine Hand langsam an meiner Unterwäsche vorbei und in mich hineingleiten.

Nachdem ich mich von meinem Slip befreit habe, setze ich mich auf den Sessel, zu dem du mich geführt hast. Ich ziehe dich zu mir heran. Mit deinen Händen führst du meine Beine auseinander und legst sie auf den Armlehnen ab. Du kniest vor mir und bevor ich mich versehe, spüre ich deine Zunge meine Klitoris erkunden. Insgeheim hoffe ich, dass du nie wieder damit aufhörst.

Trotz allem will ich dich jetzt endlich in mir spüren. Ich greife nach dir und ziehe dich zu mir nach oben. Währenddessen dringst du auch schon in mich ein.

Genauso habe ich es mir vorgestellt. Du fühlst dich so gut an. Hart und leidenschaftlich und dennoch sanft und gefühlvoll. Ich greife nach deinem Po und ziehe dich noch enger an mich heran, noch tiefer in mich hinein. Jeder Stoß von dir lässt mich noch geiler werden und dich noch härter. Du füllst mich aus und dein Verlangen nach mir ist unersättlich.

Ich frage dich, ob wir die Positionen tauschen wollen. Du setzt dich auf den Sessel und schaust mich neugierig an. Als ich vor dir knie, widme ich mich dir ausführlich. Mit meiner Zunge fahre ich an deinem Penis auf und ab und lasse ihn kurz in meinem Mund verschwinden. Ich reibe, lutsche und lecke und bemerke dabei, wie du vor lauter Erregung fast verrückt wirst.

Mit dem Rücken zu dir setze ich mich auf dein hartes Stück und hoffe, dass jetzt niemand zur Tür hereinkommt. Das erste, was derjenige sehen würde, wäre, wie ich mit gespreizten Beinen auf dir sitze und wie sehr ich dein Glied in mir genieße. Du hältst mich an meinen Hüften fest und bewegst mich zusätzlich rhythmisch mit.

Du schiebst mich nach vorne zum gegenüberliegenden Stuhl, auf dem ich meinen Oberkörper ablege. Mein Po reckt sich dir entgegen. Du kannst der Versuchung nicht widerstehen und nimmst mich direkt von hinten. Jeder Stoß ist ein Genuss. Deine Bewegungen, dein Stöhnen, dein heißer Atem, deine starken Hände, die an mir auf und ab gleiten und mich packen.

Noch einmal kommst du von vorne. Ich spüre dich ganz dicht an mir und tief in mir. Ich atme immer schneller und bemerke dabei, dass mein Orgasmus in großen Schritten naht. Dein Stöhnen verrät dich ebenso.

Explosionsartig entlädt sich plötzlich alles.
Der Höhepunkt auf meiner Seite, der Höhepunkt auf deiner Seite. Wir waren uns völlig fremd und dennoch plötzlich so nah.

DAS STÖHNEN IM WALD

Es ist ein sonniger Herbsttag. Ein perfekter Tag, um im Wald spazieren zu gehen, den Duft gefallenen Laubes einzuatmen und die letzten wärmenden Sonnenstrahlen auf der Haut zu genießen. Lange hatten wir keine Zeit mehr für uns. An so einem Tag zieht es zwar viele Menschen nach draußen, aber wir hoffen trotzdem auf ein wenig ungestörte Zweisamkeit.

Mitten im Gespräch, plötzlich und ohne Vorwarnung, greifst du nach mir und schiebst mich gegen einen Baum, um mich im gleichen Moment leidenschaftlich zu küssen. Ich habe es sehr vermisst, dich so eng an mir zu spüren; dich, deinen Geruch, deinen Körper, dein Temperament.

Du drückst dich an mich und ich spüre dein Verlangen, mich jetzt und hier zu nehmen. Ich spüre deine Leidenschaft und deine starke Erektion, die Aufmerksamkeit auf sich zieht, indem sie sich fest an mich presst.

„Nimm mich", flüstere ich dir verführerisch ins Ohr, woraufhin du mich voller Enthusiasmus zu einer nahegelegenen Bank trägst und dort absetzt. Du platzierst dich neben mir, öffnest den obersten Knopf deiner Hose und klopfst dir mit beiden Händen auf deine Schenkel. Ich sehe mich kurz um. Es ist gerade niemand in unmittelbarer Nähe zu sehen.

Mich an diesem Tag für einen Rock zu entscheiden, war nicht die schlechteste Idee. Elegant trenne ich mich von meinem Slip, indem ich mit einem Bein heraussteige, ihn an meinem anderen Bein herunterrutschen lasse und mit meinem Fuß auffange. Du platzierst mich so, dass ich die starke Ausbeulung deiner Hose direkt in meiner Mitte spüre. Du küsst mich. Deine weichen Lippen fühlen sich auf meinen genau richtig an. Ich kann einfach nicht genug von dir bekommen.

Für den Fall, dass wir wider Erwarten beobachtet werden, öffne ich möglichst unauffällig den Reißverschluss deiner Hose. Bevor ich mich versehe, hast du mich auch schon auf dich drauf gehoben und dringst mit einem Mal tief in mich ein.

Endlich spüre ich dich wieder in mir. Es fühlt sich so gut an. So richtig. So vollkommen.

Um nicht zu auffällig zu sein, bewege ich mich zu Beginn nur vorsichtig auf dir. Schnell ist dies aber vergessen und wir fühlen uns völlig unbeobachtet.

Der Schein trügt jedoch. Ein älteres Pärchen taucht hinter deinem Rücken und vor meinen Augen auf. Bisher noch in absehbarer Ferne. Wir verlangsamen unser Tempo und versuchen uns so normal wie möglich zu verhalten. Dabei sehen wir uns tief in die Augen und genießen einfach nur den Moment; unser Geheimnis, unsere tiefe Verbundenheit. Das Pärchen schlendert langsam, in ihr Gespräch vertieft, an uns vorbei. Mir hingegen ist für mehrere Momente der Atem gestockt und das Herz in die nicht vorhandene Hose gerutscht.

Auf einmal stehst du mit mir auf. Wir sind immer noch ineinander, miteinander verbunden. Du presst mich gegen einen Baumstamm und nimmst mich jetzt richtig hart ran. Ich habe das Gefühl, du holst die vergangenen Wochen, in denen wir uns nicht gesehen haben, nach.

Ich kann nicht klar denken. Auf der einen Seite besteht die Gefahr, es könnte wieder jemand kommen. Auf der anderen Seite ist die Geilheit, die hier gerade vorherrscht und siegt. Du willst mich, jetzt und hier. Und ich will dich, jetzt in mir.

Deine Hose hängt dir mittlerweile in den Kniekehlen. Unauffällig ist das nicht mehr. Aber geil. Mein Rock sitzt auch nicht mehr an der Stelle, wo ein Rock sitzen sollte und ich glaube, ich habe meinen Slip verloren. Ist in Ordnung, der wird sich schon wieder auffinden. Hoffentlich.

Ich habe uns lange Zeit nicht mehr so ausgelassen erlebt und genieße es einfach nur. Die Umgebung ist völlig ausgeblendet. Es gibt nur uns und unsere Einheit. Unsere Verbundenheit. Unser Verlangen. Unseren heißen Sex. Du nimmst mich, wie kein Anderer.

Ein Hund ist auf uns aufmerksam geworden. Er schaut dich fragend und erwartungsvoll an, aber du hast nur Augen für mich. Er hat meinen Slip gefunden und er scheint ihm zu gefallen. Kein Wunder, war es doch einer meiner teuersten weißen Spitzen-Slips.

Der Hund wird von seinem Besitzer zurückgerufen, der uns im Vorbeigehen noch einen schönen Tag und einen guten Rutsch wünscht. Komisch, dabei ist doch noch gar nicht Silvester. Meinen Slip bekomme ich allerdings nicht wieder.

Ich freue mich schon auf unseren nächsten Ausflug und frage mich bereits jetzt, wohin es uns verschlägt, ob es dann wieder so aufregend wird und was ich wohl zu diesem Anlass anziehen werde.

FEUCHTE TRÄUME

Mitten in der Nacht werde ich wach. Ich spüre meine Erregung, die dieser Traum von dir in mir ausgelöst hat. Ich möchte weiterschlafen, muss aber direkt anfangen zu masturbieren.

Ich bin so feucht, wie ich es von mir gar nicht kenne. Allein der Gedanke an dich löst in mir bereits sehnsüchtige Gefühle und die Lust auf Sex mit dir aus.

Ich beginne direkt mit schnellen Handbewegungen und wünschte, du wärst jetzt hier und es wäre deine Hand, die mir unendliche Lustgefühle zwischen meinen Beinen beschert. Besser noch, ich könnte deinen harten Schwanz in mir spüren.

Ich liebe es, wie du dich bewegst. Ich liebe das Gefühl, wenn du auf mir liegst und ich die Kontrolle abgeben kann. Ich liebe es, wie du mich fickst.

Ich werde immer geiler und gleichzeitig immer feuchter. Ich erhöhe nochmal die Geschwindigkeit meiner Handbewegungen und stelle mir dabei vor, wie ich deinen Penis in meiner Hand halte und kräftig an ihm reibe. Ich stelle mir vor, wie du dich dabei fühlst, wie sich deine Atmung verändert und wie sehr du es genießt.

Ich will deinen harten Schwanz in mir. Ich will, dass du dich richtig in mir austobst.

Die Wände hier sind sehr hellhörig und die Nachbarn neugierig. Ich atme immer schneller und kann mein Stöhnen kaum noch unterdrücken.

Ich will dich. Jetzt und hier. Was ich alles mit dir anstellen möchte! Ich möchte deinen Penis mit meinem Mund verwöhnen und dich so lange befriedigen, bis du fast den Verstand verlierst. Mit Unterstützung meiner Hände wirst du dann endgültig verrückt werden.

Ich möchte auf dir reiten und dich bis zur Ekstase bringen. Ich stelle mir vor, wie du mich leckst und mich danach durchfickst, als gäbe es kein Morgen.

Ich war lange nicht mehr so geil. Ich komme mehrfach und kann es kaum erwarten wieder einzuschlafen, um weiter von dir zu träumen - und dann vielleicht nochmal von vorne zu beginnen.

SIND ZWEI MÄNNER EINER ZU VIEL?

Ich bin auf dem Weg zu dir und schon wieder total aufgeregt. Wir kennen uns noch nicht so lange und ich freue mich schon auf einen Abend voller Zweisamkeit. Ich male mir aus, wie es werden könnte. In meinen Vorstellungen wird es wunderschön. Ein vielfältiger Abend aus Nähe, Romantik und Intimität.

Als ich bei dir ankomme, hast du noch Besuch. Ich bin etwas verwundert und frage mich, ob die Vorfreude vielleicht nur auf meiner Seite lag und was dein Freund noch bei dir macht. Doch du freust dich, mich zu sehen, begrüßt mich mit einem sanften Kuss und stellst ihn mir direkt als deinen langjährigen, besten Freund vor.

„Gut", denke ich mir. „Dann nehme ich das jetzt mal positiv auf, dass du mich ihm heute schon vorstellst."

Du hast für uns gekocht und den Tisch bereits für drei Personen gedeckt. Es ist alles wundervoll hergerichtet. Wie in meiner Vorstellung - nur eben mit einer zusätzlichen Person.

Wir verstehen uns sehr gut und lachen gemeinsam über alte erlebte Geschichten aus eurer Vergangenheit. Ich bemerke, dass ihr viel miteinander erlebt habt und finde es schön zu sehen, dass du einen so engen Freund hast. Für mein Erleben ist es fast schon etwas zu eng. Ihr seid euch irgendwie immer sehr nahe. Hier mal eine Hand auf dem Rücken, dort eine Berührung, da ein Zuzwinkern. Aber vielleicht täusche ich mich auch. Ich frage mich, wann er wohl geht.

Du fragst mich, ob es mir etwas ausmachen würde, wenn er über Nacht bleibt, weil es ja geplant war, dass ich auch bleibe. Ich zucke mit den Schultern. Im gleichen Atemzug sagst du, dass er gerade eine Menge durchmachen musste und du ihm zur Seite stehen möchtest. Wer kann denn dazu noch nein sagen?

Dennoch fühle ich mich wie das fünfte Rad am Wagen, als ich bemerke, dass ihr enger auf der Couch zusammensitzt, als wir beide. Ich streiche dir über den

Rücken und berühre dabei plötzlich seine Hand. Sie befindet sich auch auf deinem Rücken. Etwas verwirrt ziehe ich meine Hand wieder zurück.

Ich beschließe, ins Badezimmer zu gehen, um mich zu besinnen. Soll ich gehen? Soll ich bleiben? Was mache ich hier eigentlich? Und vor allem: Wohin führt das Ganze noch?

Ohne eine Antwort gefunden zu haben, kehre ich zurück und sehe euch direkt zusammen. Ihr küsst euch. Ich habe das Gefühl, neben mir zu stehen. Ich bin ratlos. Nehme ich meine Jacke und gehe? Mache ich eine Szene?

Ich entscheide mich dazu, mich einfach wieder neben euch zu setzen und nichts zu sagen. Als du mich bemerkst, nimmst du meine Hand und ziehst mich zu dir heran. Ich bin etwas skeptisch und schaue dich wahrscheinlich auch genauso an.

Weil ich verrückt nach dir bin, lasse ich mich darauf ein. Du küsst mich und ich lege meine Hand auf deinen Oberschenkel. Auf der anderen Seite wirst du auch geküsst. Ich bin mir nicht sicher, ob das ein Wettlauf oder ein Miteinander wird. Du nimmst uns beide an die Hand und führst uns zu deinem überdimensional großen Bett.

Wir bleiben vor dem Bett stehen. Dein Freund ist wieder direkt hinter dir zugange. Dafür schenkst du mir jetzt deine alleinige Aufmerksamkeit. Während du mich am Hals küsst, streifst du mir die Bluse vom Leib und öffnest langsam meinen BH. Deine starken Hände fühlen sich so gut auf meinem Körper an - so richtig. Nur die Hände, die mir auf deinem Rücken immer wieder entgegenkommen, verunsichern mich nach wie vor etwas.

Die zusätzlichen Hände kommen von hinten nach vorne und öffnen deine Hose. Er streift sie dir allmählich nach unten und ich widme mich deinem aufgestellten Penis. Auch der ist wunderschön. Alles an dir ist schön. Dein Freund hat sich mittlerweile auch entkleidet und ist sichtlich erregt. Er drückt sich immer wieder an deinen heißen Hintern. Dir scheint das zu gefallen. Es macht mir den Anschein, als wäre das nicht das erste Mal für euch.

Als du mich näher an das Bett heranführst, ziehe ich mich weiter aus. Ich setze mich, nehme deine Hand und ziehe dich enger an mich heran. Langsam und zärtlich dringst du in mich ein. Während du dich über mich beugst, schmiegt sich dein Freund von hinten an dich an.

Deine Erregung nimmt schlagartig zu, als er in dich eindringt. Dadurch, dass du immer geiler wirst, steigt auch meine Erregung immer weiter an. Wir suchen zusammen nach einem gemeinsamen Rhythmus.

Was muss das für ein Gefühl für dich sein? Dein Stöhnen verrät es. Es muss unglaublich für dich sein.

JEDER FÜR SICH

Du und ich. Wir lernen uns gerade erst kennen. Es war ein schöner Tag, den wir gemeinsam mit spazieren gehen und einem schönen Essen verbracht haben.
Eigentlich ziemlich unspektakulär und doch sehr besonders. Du bist ein perfekter Gentleman und sehr aufmerksam. Jetzt sind wir bei mir und wollen es uns etwas gemütlicher machen. Mein neues Bett ist geradezu hervorragend dafür geeignet.

Wir schauen uns einen Film an - und schlafen ein. Mein Kopf liegt auf deiner Brust, als ich wieder aufwache. Ich gehe ins Badezimmer und ziehe mir etwas Leichteres für die Nacht an. Als ich das Zimmer auf leisen Fußsohlen wieder betrete, sehe ich, wie sich die Bettdecke leicht auf und ab bewegt. Du bist so sehr in deine

Aktivität vertieft, dass du mich gar nicht wahrnimmst und so schaue ich dir noch eine Weile heimlich zu und bemerke, wie sehr mich das erregt. Ich spüre ein leichtes Pulsieren im Zentrum meiner Lust. Die Vorstellung, dass du dich gerade mit deiner Hand unter meiner Decke befriedigst, macht mich unheimlich geil.

Ich trete näher an dich heran und du schaust mich fragend an. Leicht verunsichert, ob du weitermachen oder aufhören sollst.

Ich fange an, dich zu küssen und streichle mich über deine einzelnen Bauchmuskeln immer weiter nach unten vor. Als ich dich aufdecke, bekomme ich ein genaues Bild zu meiner vorherigen Vorstellung. Dein Penis hat sich zu seiner vollen Größe ausgefahren und sein Anblick erregt mich sehr.

Ich ziehe meinen Slip aus, setze mich dir gegenüber und beginne auch zu masturbieren. Das scheint dich etwas zu überraschen. Mit großen Augen schaust du mich an und unterbrichst deine Aktivität für einen kurzen Moment.

Nach dem kleinen Schock nimmt die Schnelligkeit deiner Handbewegungen schlagartig wieder zu. Mittlerweile sitze ich mit gespreizten Beinen direkt vor dir. Meine Beine sind an deine Hüfte gelehnt.

Unsere beiden Geschlechter sind nur wenige Zentimeter voneinander entfernt und mein Verlangen nach dir steigt ins Unermessliche.

Ich will dich!
Jetzt.
Hier.
Ganz - tief - in - mir.
Und hart.
Ich will es hart.
Steck mir deinen harten Schwanz rein.
Und fick mich.
Fick mich, als gäbe es kein Morgen.

Du machst mich verrückt. Ich will dich endlich spüren und rücke noch etwas näher an dich heran. Wir befriedigen uns immer noch; jeder für sich.

Schneller. Heftiger. Voller Hochgefühle. Was würde ich dafür tun, würdest du mir deinen Schwanz nur einmal in meine heiße Öffnung stecken. Ein Stoß. Ein leidenschaftlicher Stoß. Ein heftiger Stoß. Einer, an den ich noch in drei Tagen denken muss.

Du scheinst einen ähnlichen Gedanken zu haben, gibst mir jedoch zu verstehen, dass wir dafür in eine zweite Runde gehen müssen. Plötzlich kommt es aus dir herausgeschossen. Der Höhepunkt. Und treffsicher bist du auch. Du hast mich gut erwischt.

Ich bin jetzt schon scharf auf die Fortsetzung mit dir!

UNSER ERSTES MAL

„Zieh etwas Schwarzes an", sagst du. Ich schaue zu meinem langen schwarzen Kleid. „Etwas Kurzes!" rufst du hinterher, bevor du aus der Tür verschwindest.

Wir gehen heute Abend aus. „Heiß wird es", gibst du mir zu verstehen. „Mal etwas ganz Anderes", hast du es genannt. Ich bin neugierig und ziehe mein kurzes schwarzes Lack-Kleidchen an. Dazu die extra hohen schwarzen High Heels, die eigentlich nur zum Sitzen geeignet sind. Um 19 Uhr holst du mich ab. Ich bin schon ganz aufgeregt. Wohin es wohl geht?

Als ich zu dir ins Auto steige, versicherst du dich noch einmal bei mir und fragst mich, ob ich gerne etwas Neues mit dir zusammen ausprobieren möchte.

Gespannt lasse ich mich darauf ein und wir fahren los. Wir steigen vor einem fast luxuriös erscheinenden Haus aus und gehen zur Tür. Das Motto lautet „Eintauchen in andere Welten" und lädt zum gegenseitigen Zusehen ein. Zum Miteinander. Zum Experimentieren.

In einem Swinger Club war ich zuvor noch nie. Der Geruch von Latex steigt mir in die Nase. Überall sind Pärchen, die ihrer Lust nachgehen. Manchmal auch zu dritt oder zu viert. Ich beobachte ein Pärchen, wie sie es heftig miteinander treiben. Sie ist gefesselt. Ihre Hände sind hinter ihrem Rücken verbunden. Er nimmt sie von hinten. Ein anderer Mann liegt daneben, schaut sich das Ganze aus nächster Nähe an und onaniert dabei.

„Ganz schön heiß", denke ich mir und setze mich auf einen Barhocker. Während du uns Getränke holst, werde ich bereits von zwei Männern und einer Frau angesprochen. Sie fragen, ob ich mitkommen möchte, warum ich hier so allein sitze und ob ich später noch zum Zusehen vorbeikomme.

Wieder bei mir angekommen, flüsterst du mir ins Ohr, dass du dich sehr über meine Kleiderauswahl freust und zeigst mir deine Freude direkt, indem du meine Hand nimmst und sie auf die starke Ausbeulung deiner knallengen Leder-Hotpants legst. Du schiebst meine Beine auseinander und kommst näher. Dein heißer Körper drückt sich an meinen.

Deine Hand wandert an meinem Oberschenkel entlang. Mit einem Finger streifst du meinen Slip. Einen leidenschaftlichen Kuss, eine massierte Beule im Schritt und eine zärtliche Massage zwischen meinen Beinen weiter, sind wir nun so weit, uns unter die Leute zu mischen und uns einen Platz zu suchen.

In dem ausgewählten Zimmer befindet sich eine Sex-Schaukel. „Wie aufregend", denke ich mir, während ich mir direkt eine Position aussuche und dich erwartungsvoll anschaue.

Du verschwendest keine Zeit und ziehst mich direkt an dich heran. Ich befreie dich von deinen Hotpants und freue mich schon auf einen heißen (Zusammen-) Stoß. Doch du kniest erst mal vor mir und lässt deine Zunge meine Klitoris erkunden. Ich gehöre ganz dir. Du weißt, wie sehr ich das liebe und dass du mich damit verrückt machst. Als du auch noch deine Hand hinzunimmst, vergesse ich alles um mich herum.

„Fick mich. Los, fick mich", höre ich mich sagen. Das lässt du dir nicht zweimal sagen. Mit einem festen Ruck steckt dein harter Penis in mir. Ein Stoß geiler, als der andere. Du ziehst mich immer wieder an dich heran und stößt hart zu.

Auf dem Bett neben uns entdecke ich ein anderes Pärchen, welches sich hemmungslos miteinander vergnügt. Sie sehen wahrlich ineinander vertieft aus.

Mittlerweile bist du sehr nahe bei mir und bewegst dich immer schneller. Deine Lust ist nahezu unbändig. Wir verschmelzen. Wir werden eins. Danke für dieses wundervolle Erlebnis!

DAS DATE

Da stehst du nun. Atemberaubend hergerichtet. Sehr verführerisch. Zu unserem dritten Date trägst du einen schwarzen Anzug, der dir hervorragend steht. Du erwartest mich bereits mit einer Rose in der Hand.

Ich habe mich am heutigen Abend für ein schwarzes Kleid und einen dunkelroten Lippenstift entschieden. Dazu trage ich den roten ausgestellten Mantel, den du so gerne an mir siehst. Hohe Schuhe runden das Ganze ab.

Du empfängst mich mit einem Lächeln und führst mich zur Tür des Restaurants. Ich freue mich über die Rose und noch mehr darüber, dich zu sehen.

Du sagst mir, wie hübsch ich heute aussehe und dass du dich sehr auf den Abend mit mir gefreut hast. Dabei siehst du mir tief in die Augen und nimmst meine Hand. Wir werden von einem Kellner unterbrochen, der bereits unsere Bestellung aufnehmen möchte. Wir hatten bisher nur Augen füreinander, deshalb fragst du nach einer Empfehlung. Wir bestellen uns das Gleiche und sind froh, nun wieder etwas Zeit zu zweit genießen zu können.

Ich hänge an deinen Lippen. Du hast mir so viel zu erzählen und ich mag deine Stimme so unglaublich gern. Sie ist irgendwie sanft und dennoch stark und entschlossen. Stundenlang könnte ich dir zuhören.

Du erzählst mir von deiner Arbeit und wie sehr sie dich erfüllt. Ich mag deine Augen. Sie sind tiefbraun. Ich könnte in ihnen versinken.

Du erzählst, wie sehr du Tiere liebst und Spaziergänge in der Natur. Und deine Lippen erst. Sie sind wunderschön geformt.

Du erzählst mir von deiner größten Leidenschaft. „Leidenschaft, ein schönes Thema", denke ich mir, während ich weiter deinen Worten lausche.

Wir sind mittlerweile beim Nachtisch angelangt. Die Zeit vergeht so unglaublich schnell mit dir. Ich würde sie am liebsten noch einmal zurückdrehen.

Als wir gehen, legst du mir zusätzlich noch deinen Mantel über die Schultern. Es schneit. Ich spüre, wie sich die eisige Kälte auf mein Gesicht legt. Das kam jetzt doch ein wenig unerwartet. Aber es sieht alles so schön weiß aus und es hat auch etwas Romantisches.

Mit einem Taxi fahren wir zu mir. Du bringst mich zur Tür und bei jedem unserer Schritte macht der Schnee auf dem Gehweg knackende Geräusche. Ich frage dich, ob du noch mit reinkommen möchtest. Du möchtest.

Wir trinken gemeinsam ein Glas Wein und wickeln uns leicht durchgefroren zusammen in eine Decke ein. Ich bemerke, dass dir auch kalt ist und wie du trotzdem versuchst, mich zu wärmen. Es fühlt sich einfach gut mit dir an. Mittlerweile ist mir wieder warm geworden. Auch ums Herz. Ich frage dich, wie es dir jetzt geht. Du antwortest mit den Worten „Es ging mir nie besser" und nimmst mich noch etwas fester in den Arm.

Ich schaue zu dir hoch, schaue auf deine vollen Lippen, dir wieder in die Augen und wieder zurück auf deine Lippen. Du kommst mir langsam näher. Wenn ich es nicht besser wüsste, würde ich sagen, es lag ein Knistern in der Luft.

Du raubst mir den Atem. Deine Lippen sehen nicht nur wunderschön aus, sie küssen auch genauso. Ein Moment, der nie vorübergehen sollte. Ich streiche von deinem Rücken aus über deine Taille bis hin zur Brust und ende an deinem Hals. Deine Hand streicht über meinen Busen und verweilt dort leicht knetend. Egal aus welcher Richtung du es versuchst, so richtig mag es dir nicht gelingen, einen Zugang zu meinem BH zu finden.

Ich glaube, wir denken beide das Gleiche: Hätten wir doch bloß bequemere und vor allem praktischere Kleidung an.

Ich führe dich in mein Schlafzimmer. Währenddessen knöpfst du dir dein Hemd auf. Ich sehe dir dabei zu und genieße den Anblick deines durchtrainierten Körpers. Du kommst zu mir aufs Bett, liegst zur Hälfte auf mir und küsst mich weiter. Mir wird schon ganz heiß.

Ich bin bereits vom Küssen erregt und auch schon sehr feucht. Du positionierst dich nochmal neu, so dass ich deine Erektion jetzt ganz deutlich in meiner Mitte fühlen kann.

Ich ziehe mein Kleid weiter hoch, um dich noch deutlicher zu spüren. Du richtest dich auf, öffnest deine Hose und ich ziehe sie dir herunter. Mein Gesicht befindet sich nun unmittelbar vor deinem besten Stück. Ich zeige dir meine Vorfreude, indem ich einmal sanft drüber streiche.

Du ziehst mir das störende Kleid aus und legst dich direkt wieder auf mich. Uns trennt nur noch die Unterwäsche.

Oh mein Gott - wie du dich bewegst! In freudiger Erwartung auf dich gehen meine Beine immer weiter auseinander. Du ziehst mir den BH aus, leckst und streichelst meine Nippel und ich werde immer geiler.

Ich will dich so sehr. Ich befürchte, noch weiter kann ich meine Beine nicht spreizen. Während du mich am Hals küsst, wandert eine deiner Hände in die Richtung meiner Unterwäsche und massiert meine Schamlippen durch den dünnen Stoff. Als deine Finger dort verweilen, bewegen sie sich mit etwas Druck auf und ab. Eines muss ich dir lassen: Verrückt machen kannst du mich!

Feuchter kann ich nicht mehr werden, also deute ich Bewegungen an, meinen Slip auszuziehen. Du hilfst mir dabei. Ich denke noch „Aber warum ziehst du dich denn nicht auch weiter …?", als du dir meine Beine schnappst und dein Kopf zwischen ihnen verschwindet.

Ich weiß gar nicht, wie mir geschieht. Deine Zunge weiß genau, was sie da macht. Wenn du nur halb so gut mit deinem Penis umgehen kannst, ist alles wunderbar.

Es fühlt sich unbeschreiblich gut an. Ein langgezogenes, leise gestöhntes „Aaaah" kommt mir plötzlich über die Lippen. Du lächelst mich kurz an und legst dich direkt wieder auf mich.

Du trägst deine Unterwäsche immer noch, aber du weißt dich zu bewegen. Ich frage mich, ob sie vielleicht irgendwann von selbst reißt, entschließe mich dann aber doch, an deinem Po anzusetzen und sie dir herunterzustreifen. Du hilfst mir, sie loszuwerden und siehst mich entschlossen an. Ich bin froh, dich nun in deiner ganzen Schönheit zu sehen; so vollkommen.

Du legst dich wieder auf mich, dringst aber nicht direkt in mich ein. Du drückst dich in rhythmischen Bewegungen an mein Lustzentrum. Es ist wie ein leises Klopfen, wie ein „Gleich geht es los!"

Ich flüstere dir ein „Los, komm rein" ins Ohr. Du beginnst langsam, Stück für Stück tiefer in mich einzudringen und machst mich damit fast wahnsinnig.

Ich habe noch nie einen so zärtlichen und gefühlvollen Mann erlebt. Ein Abend mit dir. Voller Verführung. Erotik pur.

WEM DU´S HEUTE KANNST
BESORGEN...

Überstunden. Ich kenne es in letzter Zeit nicht anders von dir. Geplant war ein gemeinsamer Abend voller Intimität. Stattdessen wird das Essen kalt und du musst dich durch Papierkram schlagen.

Kurz überlege ich, ob ich es wirklich tun soll. „Was soll´s, es ist dunkel draußen", denke ich und ziehe mir wenig bekleidet einen Trenchcoat über, um mich auf den Weg zu dir zu machen. Es brennt nur noch in deinem Büro das Licht. Ich stehe vor der geöffneten Tür und lasse ein leicht bekleidetes Bein aus meinem Trenchcoat herausblitzen.

Du sagst, dass ich sehr verführerisch aussehe und dass es auch nur noch einen kurzen Moment dauert, dann könnten wir gehen. Ich lehne mich über deinen Schreibtisch, was dir einen guten Einblick verschafft, denn ein Oberteil trage ich nicht. Du wirst etwas nervöser und beteuerst, dass es wirklich nur noch einen kleinen Augenblick dauert, bis du bei mir bist.

Ich öffne den Gürtel meines Trenchcoats und setze mich mit einem Bein auf deinen Schreibtisch. Was du jetzt siehst, ist schwarze Spitzenunterwäsche und die neuen Strapse, die ich extra für diesen Abend besorgt habe. Du sagst, jetzt könntest du dich sowieso nicht mehr konzentrieren, aber die Sachen müsstest du zumindest noch zusammenräumen und abheften.

„Lass dir Zeit", sage ich, während mir ‚ein Stift runter-fällt'. Wie ungeschickt aber auch! Jetzt muss ich auch noch so leicht bekleidet auf den Boden runter. Wo ich schon hier unten bin, kann ich es mir, beziehungsweise dir auch gleich etwas gemütlicher machen.

„Immer mit der Ruhe, ich kann mich beschäftigen", versichere ich dir nochmal, während ich mir einen Platz unter deinem Schreibtisch suche. Ich knie mich zwischen deine Beine. Du trägst wieder diese engen Jeans, die ich so an dir mag. Ich streiche an deinen Oberschenkeln entlang und massiere mich weiter vor.

An deinem Schritt angelangt, packe ich etwas fester zu. Ich habe das Gefühl, du hast aufgehört, Unterlagen zu sortieren. Nun machst du mit und öffnest deinen Reißverschluss für mich.

Ich widme mich deinem harten Teil. Mit meiner Zunge gehe ich auf und ab, lutsche, sauge und lecke, als ginge es ums Überleben.

Mittlerweile hast du definitiv aufgehört, auch nur an Arbeit zu denken. Du lehnst dich in deinem Bürostuhl zurück und stöhnst leise vor dich hin. Ich merke, dass du kurz davor bist, zu kommen. Jedoch will ich, wenn auch nur kurz, deinen harten Schwanz in mir spüren. Ich komme unter dem Schreibtisch hervor und setze mich direkt auf deinen überreifen Penis.

Genau so habe ich mir das vorgestellt. Kurz, aber heftig. Du kommst in mir. Ich steige von dir herunter und sage nur noch „Ich warte vor der Tür."

Deinen Gesichtsausdruck hätte ich allerdings zu gerne noch gesehen.

DER STRAND VON MONACO

Es ist Abend. Wir gehen gemeinsam an der Promenade des Strandes entlang und genießen die warme Sommerluft. Du hast deinen starken, durchtrainierten Arm um mich gelegt.

Was habe ich doch für einen tollen Mann an meiner Seite. Elegant, schön, wie kein Zweiter, ein charmanter Romantiker, ein sensibler Zuhörer auf der einen Seite und ein guter Erzähler auf der anderen Seite.

Du hast aber auch einen versauten Anteil, den ich sehr zu schätzen weiß. In manchen Situationen schwer durchschaubar, bist du immer wieder für Überraschungen gut. Das macht dich noch aufregender für mich.

Wir gehen zum Meer hinunter und setzen uns in den warmen Sand. Mein weitschwingendes Kleid fliegt mir immer wieder entgegen und deckt meine Beine auf.

Frech grinsend sagst du: „Lass es doch gleich oben."
„Das hättest du wohl gerne", entgegne ich.
Gleichzeitig denke ich: Warum eigentlich nicht? Wir sitzen hier abgelegen und sind für uns alleine.

Ich lege mich in den Sand und beim nächsten Windstoß lasse ich das Kleid so liegen. Der Wind musste natürlich direkt übertreiben und legt mich bis auf den Slip frei.

Du schaust mich verwegen an und fährst mit deinen Fingerspitzen an meinem Oberschenkel hoch. Du legst dich seitlich neben mich und deine Finger tasten sich zu meinen Schamlippen vor. Zärtlich streichelst du sie und übst einen leichten Druck aus. Ich genieße es. Ich genieße den Abend, das Meer, hier mit dir allein zu sein, deine Berührungen, dich.

Du schiebst deine Hand seitlich an meinem Slip vorbei und machst genauso weiter. Als du näher an mich heranrückst, um mich zu küssen, drehe ich mich zu dir und ziehe währenddessen meinen Slip aus. So wenig Stoff hätte ich direkt weglassen können.

Du streichelst meinen Busen und massierst ihn leicht. Dank des weiten Ausschnitts kommst du überall hervorragend ran. Du leckst an meinen Brustwarzen, die schon hart vor Erregung sind. Ich streiche über deine Brustwarzen und küsse deinen Hals, während ich dir leise ins Ohr hauche, dass ich dich will.

Ich öffne deine Hose und gleite langsam hinein. Du liegst auf dem Rücken. Währenddessen versuchst du die Hose ganz loszuwerden. Sorgsam massiere ich deine Hoden und den umliegenden Bereich. Mit meiner Zunge ertaste ich sanft und ausführlich das sensible Gebiet. Du schnappst nach Luft und ich glaube, gleich flehst du um Gnade.

Als ich mich über dich beuge, greifst du nach meinen Brüsten und packst mich jetzt etwas fester an. Ich lutsche an deinen Fingern und glaube, dich damit verrückt zu machen.

Ich spüre deinen harten Penis immer wieder an meinem Scheideneingang. Er bittet um Einlass. Nein, ich glaube, er bettelt. Ich bin unglaublich geil auf dich und halte es nicht mehr länger aus. Ich packe mir deinen Schwanz und zeige ihm, wo es langgeht. Du greifst nach meiner Hüfte und schiebst mich unterstützend hin und her.

Mit einem Ruck liege ich auf dem Rücken und wir haben unsere Positionen getauscht. Man könnte meinen, du hast es eilig. Du nimmst mich härter und immer schneller werdend ran. Ich liebe es, wenn du das machst.

Auf einmal packst du mich und trägst mich ans Wasser. Ich schaffe es gerade noch, mir mein Kleid über den Kopf zu ziehen und es an den Strand zu werfen, bevor du mit mir im Meer verschwindest.

Dort fickst du mich weiter. Ich kralle mich an deinem Rücken fest. Du beweist mal wieder sehr viel Ausdauer. Unsere nassen Körper, du in mir, stoßenderweise. Dein heißer Atem in meinem Nacken, der Ausdruck deiner Geilheit, deine Hände auf meinem sonnengebräunten Körper - all das macht mich so geil.

„Du fühlst dich so gut an", stöhnst du mir ins Ohr. Im gleichen Moment steigt meine Lust noch weiter und ich stehe kurz vor dem Höhepunkt. Es macht mich unglaublich an, wenn du mir ins Ohr hauchst. Und du weißt das.

Als du heftig atmend ein langgezogenes „Aaaah" ausstößt, ist es auch bei mir soweit - der Höhepunkt.

Als sich dein Samen in mir ergießt, frage ich mich leicht besorgt, ob mein Kleid noch da liegt, wo ich es zuletzt hingeworfen habe. Hoffentlich sind wir nicht zu weit abgetrieben.

FESSELNDE MOMENTE

Da liegst du nun. Nackt und wunderschön anzusehen. Du liegst auf meinem Bett und erwartest mich bereits. Ich durfte dich mit Nylons festknoten. Arme und Beine sind von dir gestreckt. Du sagst, dass du mir vertraust. Du möchtest dich mir voll und ganz hingeben. Jetzt und hier.

Ich könnte dich stundenlang einfach nur ansehen und deinen Anblick genießen. Du bist für mich der Inbegriff purer Erotik.

Ich darf dir die Augen verbinden. Behutsam fange ich an, dich zu berühren. Ich streiche mit meiner rechten Hand, angefangen an deinem Fuß, dein Bein entlang. Ich streiche über deinen Bauch und deine angedeuteten

Bauchmuskeln, entlang deines Schlüsselbeins und am Arm wieder runter. Unten angekommen, streichle ich deine Hand und halte sie kurz fest.

Ich knie mich zwischen deine Beine und arbeite mich von deinen Oberschenkeln aus weiter nach oben durch. Nach oben hin packe ich etwas fester zu.

Ich streiche mit meinen Händen über deinen intimsten Bereich und gehe über zu deiner Brust. Ich küsse dich am Hals und versichere dir flüsternd, dass du mich unglaublich heiß machst. Ich fahre mit meinen Fingerspitzen über deine Brustwarzen. Das scheint dir sehr zu gefallen, denn du atmest intensiver, als zuvor. Ich massiere sie leicht und beginne, daran zu lecken.

Ich lege meine Hand an dein Gesicht und küsse sanft deine vollen Lippen. Meine Hände gleiten an deiner schlanken Taille entlang, hinunter zu deiner Hüfte. Ich küsse mich weiter nach unten durch und komme schließlich an deinem bereits aufrechtstehenden, harten Penis an. Ich lecke deine Eichel, langsam, kreisend und lasse deinen Penis für einen Moment ganz in meinem Mund verschwinden.

Jeden Zentimeter erkunde ich von dir. Ausführlich widme ich mich deinen Hoden. Es scheint dich verrückt zu machen. „Oh bitte, nicht aufhören!", flehst du.

Das habe ich nicht vor, denn heute stehst du voll und ganz im Mittelpunkt. Ich verwöhne dich weiter und kombiniere Berührungen mit der Zunge und Streicheleinheiten mit den Händen.

Während ich mich weiter mit deinem erigierten Glied beschäftige, fahren meine Hände zu deinen Brustwarzen hoch und drehen da noch etwas an ihnen herum.

Du bewegst dich rhythmisch mit und auch wenn ich mich wiederhole: Es ist so schön, dich anzusehen. Dich, mit deiner Erregung. Du machst mich einfach geil.

Ich weiß, du würdest mich jetzt gerne heftig durchnehmen. Ich kenne dich schon gut und weiß, was in dir vorgeht. Doch du kannst es nicht länger zurückhalten. Dein Sperma schießt aus dir heraus und fließt warm über meine Hände.

DER ZUSAMMENSTOß

Ich habe mal wieder meinen Anschluss verpasst. Eine knappe Stunde ist eine lange Wartezeit. Während ich mich ruckartig, auf die Uhr schauend, umdrehe, um in Richtung Bahnhofausgang zu gehen, läufst du gegen mich - mit deinem Coffee to go in der Hand, beziehungsweise jetzt auf meinem Mantel.

Das erste, was ich höre, ist ein panisches „Entschuldigung! Oh Gott, das tut mir leid!", während du versuchst, mir mit deinen Händen den Kaffee vom oberen Teil meines Mantels zu streichen.

„Normalerweise lädt mich ein Mann erst zum Essen ein, bevor er mich dort anfasst", sage ich. Ich glaube, du fällst gleich in Ohnmacht. Du entschuldigst dich weiter. Dir ist das Ganze sichtlich unangenehm.

„Jetzt, wo wir uns schon nähergekommen sind, stelle ich mich einfach mal vor", sage ich und lächle dabei. Dein Gesichtsausdruck entspannt sich. Ich frage, ob ich dich auf einen Kaffee einladen darf, denn du hast ja jetzt keinen mehr.

Aus dem Zusammenstoß ist ein nettes Gespräch entstanden. Wir beschließen, uns wiederzusehen, tauschen unsere Nummern aus und verabreden uns für den darauffolgenden Tag.

Als ich dir die Tür öffne, wird mir erst bewusst, dass ich einen weißen Rock trage. Ich hoffe, du hast keinen Kaffee dabei.

Ins Kino möchtest du mich einladen. Du hast nur Gutes über diesen Film gehört, sagst du. Ich lasse mich gern überraschen. Dort angekommen, sind wir die einzigen im Saal. „Der scheint ja richtig gut zu sein", denke ich, freue mich aber trotzdem auf einen schönen Abend mit dir. Immerhin hat es auch etwas Gutes, ein ganzes Kino für uns allein zu haben.

Wir kommen uns schnell näher. Ich fühle mich in deinen Armen sehr wohl; irgendwie gut aufgehoben.

Dass du mich tatsächlich gut heben kannst, beweist du einige Momente später. Ich sitze dir zugewandt auf deinem Schoß und wir küssen uns.

Du massierst meinen Po und streifst mit deinen Händen währenddessen immer wieder meinen sehr empfindsamen Intimbereich. Ich berühre deine starke Brust und streiche dir über die Brustwarzen. Du bist ein sehr leidenschaftlicher Küsser. Während du mich näher an dich heranziehst, versuchst du unter mein Oberteil zu kommen. Du erreichst meine Brüste, streichelst und massierst sie. Deine Zunge widmet sich meinen Brustwarzen. Ich bin mittlerweile schon feucht.

Deine rechte Hand wandert unter meinen Rock, zwischen meine Beine und massiert meine Vagina. Du schiebst meinen Slip etwas zur Seite und plötzlich spüre ich deinen Finger in mir. Mir entweicht ein laut gehauchtes „Aaaah".

Ich massiere deinen Schritt und öffne den Reißverschluss deiner Hose. Schnell befreie ich dich von der lästigen Unterwäsche. Dein hartes Glied springt mir fast entgegen. Du hebst mich auf deinen Schwanz und ich stöhne erneut auf. Genau das habe ich jetzt gebraucht.

In rhythmischen Bewegungen schwinge ich mit dir mit. Dein Kopf ist an meine Schulter gelehnt. Du legst deine Hände auf meinen Rücken und ziehst mich näher an dich heran. Ich spüre deinen heißen Atem an meinem Ohr.

Ich drehe mich zur Kinoleinwand, spreize meine Beine und reite dich weiter. Käme jetzt jemand von unten, hätte er den vollen Einblick. Er würde unsere Geilheit sehen und wie sehr ich deinen Schwanz in mir genieße.

Abwechselnd hältst du mich an meinen Brüsten und an meiner Hüfte fest. Du bewegst mich immer schneller und immer heftiger und streichelst zusätzlich meine Klitoris, was meine Geilheit noch weiter steigern lässt und mich bis zum Höhepunkt bringt. Als du dich in mir entlädst, endet auch der Film.

Es war wirklich ein unvergesslicher Kinoabend. Auch heute ist etwas schmutzig geworden. Dieses Mal war aber nicht der Kaffee schuld.

Eine Frage beschäftigt mich jedoch nach wie vor: Hängen im Kino eigentlich Kameras?

HARTE ZEITEN

Ein Wochenende nur für uns. Wir haben uns für Wellness entschieden. Wir wollen es mal ganz ruhig angehen lassen. Ein perfekter Ausgleich zum stressigen Alltag, so dachten wir.

Im Hotel angekommen, wird uns mitgeteilt, dass unser Zimmer scheinbar doppelt belegt wurde. Wir können es uns aber gerne schon mal im Wellness-Bereich gemütlich machen und in der Zwischenzeit wird nach einer Lösung gesucht.

Nach einer ausführlichen Paar-Massage werden wir in den Sauna-, und Pool-Bereich entlassen. Ich habe noch nie eine so große Pool-Landschaft gesehen. Wir entscheiden uns erstmal gegen die Sauna und fürs

Schwimmen. Es gibt hier Massage-Strudel, Wasserfälle, einen Whirlpool und weitere aufregende, sowie entspannende Varianten.

Ich lasse mich treiben - im wahrsten Sinne. Du treibst auf mich zu und sagst mir, wie schön du es findest, dass wir einfach mal wieder ganz entspannt Zeit miteinander verbringen können. Wir hoffen beide, dass sich die Zimmer-Situation aufklärt.

Du schaust mir tief in die Augen und fragst mich mit einem breiten Lächeln im Gesicht, ob ich schon bemerkt habe, dass wir hier ganz allein sind. Ich sehe in deine leuchtenden Augen und verstehe direkt, worauf du hinauswillst.

„Das können wir doch nicht machen", sage ich.
„Nachher werden wir noch …"
„Was denn? Rausgeworfen?", unterbrichst du mich.
Stimmt, es war sowieso nicht sicher, ob wir bleiben können.

„Wir machen es ganz unauffällig", sagst du voller Überzeugung. Wir platzieren uns am Rand. Ich lehne mit meinem Rücken an der Wand und halte mich mit beiden Händen am Beckenrand fest. Du bist schon wieder total spitz. Aber das liebe ich an dir. Deine

Leidenschaft, deine Spontanität, deinen Sexappeal, deine Ausstrahlung - einfach alles.

Du ziehst mich näher an dich heran. Deine Badehose hast du schon perfekt platziert. Habe ich gar nicht mitbekommen. Aber du sagtest ja was von unauffällig.

Mein Bikiniunterteil ist seitlich zu Schleifen geknotet, die sich leicht öffnen lassen. Du stehst schon gefährlich nahe an mir dran. Wir küssen uns und ehe ich mich versehe, schnappst du dir meine Hüfte und ziehst mich zu dir heran. Mit einem frechen Lächeln öffnest du eine meiner Schleifen, schaust mir dabei tief in die Augen und dringst währenddessen sanft in mich ein; langsam und unauffällig.

Es ist ein stilles Genießen mit kleinen Bewegungen. Ich bin sehr aufgeregt, aber auch sehr erregt. Ich lege meine Arme um deine Schultern und du hältst mich fest in deinen Armen.

Du trägst mich zu dem Wasserfall, in der Hoffnung, dort noch etwas weniger unter Beobachtung zu stehen. Ich halte mich an einem Geländer fest und du erhöhst die Geschwindigkeit der kleinen, unauffälligen Stöße. Du nimmst mich von hinten und ich genieße es.

Als ich mich wieder zu dir umdrehe, erscheint die Frau von der Rezeption plötzlich und teilt uns die frohe Botschaft mit, dass wir bleiben können.

Sie sagt, wir können unseren Schlüssel an der Rezeption abholen und fragt, ob wir gleich kommen.

„Wir kommen gleich", sagen wir gleichzeitig.

ICH ERWARTE DICH (IN MIR)

Du kommst zur Tür herein. Ich erwarte dich in meinem neuen, scharfen, durchsichtigen und viel zu knappen Outfit. Mit gespreizten Beinen habe ich mich auf dem Bett platziert und schaue verführerisch in deine Richtung. Nur meine linke Hand verdeckt den Einblick in mein Innerstes. Du siehst mich überrascht, aber alles andere als abgeneigt, an. Ich bin bereit für dich.

Du gestehst mir, dass du schon den ganzen Tag an mich denken musstest und dir nichts sehnlicher gewünscht hast, als mich so vorzufinden. Ich kann gar nicht so schnell gucken, wie du dich ausziehst. Ich glaube, es waren drei Teile auf einmal. Sofort fällst du über mich her.

Das erinnert mich ein bisschen an den Kauf dieses Negligees, das ich gerade trage. Wir waren gemeinsam shoppen. Im Kaufhaus hast du einen flüchtigen Blick über deine starke Schulter geworfen und kamst dann leichtfüßig in meine Umkleidekabine geschlichen, um mir wieder aus dem Stückchen Stoff zu helfen. Doch bevor wir es in eine Tüte stecken ließen, musstest du kurz noch etwas Anderes verstecken. Bei mir. In mir. Alles ging ganz schnell. Als eine Angestellte misstrauisch wurde und neugierig fragte, ob bei mir in der Kabine alles in Ordnung sei, waren wir auch schon fertig und konnten den Vorhang direkt öffnen. Ich denke immer noch gerne daran zurück.

Oder das andere Mal, als wir von einer Geburtstagsfeier kamen und wir es vor lauter Geilheit nicht mehr nach Hause geschafft haben. Wir standen auf einem Parkplatz und haben es uns im Auto „gemütlich" gemacht. Naja, in erster Linie haben wir es uns gemacht. Von gemütlich war da nicht so viel zu sehen. Aber es war geil. Heftig und geil.

Während der Autofahrt begann ich, mit meiner linken Hand an deinem Innenschenkel entlangzufahren und ja, ich gebe es zu, ich wollte dich ein wenig heiß machen. Dass es mir so schnell glücken würde, ahnte ich nicht. Unmittelbar danach hatte ich deine Hand zwischen meinen Beinen und war auch direkt angespitzt. Wir hielten an und fielen auf der Stelle übereinander her. Plötzlich saß ich auf deinem Schoß und spürte deinen harten Penis bereits an meine Vulva klopfen. Wir verzogen uns auf den Rücksitz und mir ist bis heute nicht ganz klar, wo ich meine Beine platziert habe. Ich mag diese schnellen Nummern mit dir. Wir waren so scharf aufeinander.

Jetzt sind wir für uns und haben eigentlich alle Zeit der Welt. Unsere unbändige Leidenschaft lässt dies jedoch nicht zu. Aber es spricht ja nichts dagegen, später noch an eine Fortsetzung zu denken. Ich denke jetzt schon daran, während du tief in mir steckst und es spürbar genießt.

Aber soll ich dir etwas sagen? Ich habe auch den ganzen Tag an nichts Anderes denken können, als an diesen Moment, in dem du nach Hause kommst, mich sehnsüchtig ansiehst, über mich herfällst und mich heftig durchnimmst, als hätten wir uns sechs Monate nicht gesehen.

DER NEUE SATTEL

Mein Fahrrad, mein bester Freund. Es begleitet mich fast überall hin. An diesem heißen Sommertag ist es besonders angenehm, den Fahrtwind im Gesicht zu spüren.

Ich habe es heute nicht besonders eilig, freue mich aber schon auf einen ruhigen Tag am See. Ich trage ein luftiges Sommerkleid. Fast etwas zu luftig. Es fliegt mir ständig entgegen.

Wie machen das eigentlich die anderen Frauen immer? Mit Röcken und Kleidern Fahrrad fahren? Ich verstehe es nicht und würde mir das Kleid mittlerweile gerne am Körper fest tackern, damit es dort bleibt, wo es hingehört. Festhalten reicht aber fürs Erste. Als ich in den

Wald hineinfahre, lasse ich es los. Dann fliegt es mir halt entgegen. Immerhin trage ich meinen Bikini drunter.

Das hält allerdings einen vorbeifahrenden Autofahrer nicht davon ab, etwas genauer hinzusehen. „Warum fährt hier überhaupt ein Auto?", frage ich mich.

Ich muss schon sagen, die Anschaffung des neuen Fahrradsattels hat sich wirklich gelohnt. Die Bezeichnung „Macht jede Fahrt zu einem unvergesslichen Vergnügen" war wirklich nicht untertrieben.

Ich muss an unsere letzte Begegnung denken und an die leidenschaftliche Zeit, die wir miteinander hatten. Und schon steigen in mir sehnsüchtige Gefühle auf. Unglaubliche Glücksgefühle.

Ich fahre mittlerweile freihändig und strecke die Arme in die Luft. Ich bin glücklich. Ich wünschte, ich würde dich gleich am See treffen und wir hätten wieder so eine aufregende Zeit.

Ein steiniger Weg liegt vor mir. Das ständige auf und ab des Sattels macht mich ganz wuschig. Ich sollte an etwas Anderes denken. Etwas Unschuldigeres. Etwas nicht Erregendes. Schließlich möchte ich gleich nicht total aufgegeilt am See ankommen. Das ist aber so, als wenn man gesagt bekommt: „Denken Sie nicht an einen rosa Elefanten!" An was denkt man dann? Genau. An einen rosa Elefanten.

Ein Glück! Eine Straße. Asphalt. Wenn auch nur eine kurze Strecke. Ich muss trotzdem weiter an dich denken. Wann wir uns wohl wiedersehen? Du sagst, du hättest mich gern öfter bei dir. Um dich herum. Auf dir.

Ich bin mir nicht sicher, was das mit uns wird, aber es fühlt sich gut an. Mit dir. Zusammen. Verbunden. Unter dir.

Und schon wieder denke ich nur an dich. Bis zum See ist es nicht mehr weit. Das letzte Stück bricht gleich an. Vielleicht sollte ich einfach im Wald bleiben. Es ist so schön schattig hier.

„Oh nein", sage ich leise. Kopfsteinpflaster! Kopfsteinpflaster, der neue Sattel und meine Gedanken sind keine gute Mischung! Dass mich der Weg zum See mal so geil macht, hätte ich nie vermutet.

Unten angekommen überlege ich, den Weg noch einmal zu fahren. Das war ganz schön heiß. Und damit meine ich nicht das Wetter.

DIE ZUGFAHRT

Wir sind mal wieder mit der Bahn auf der Durchreise. Es sind immer unglaublich lange und anstrengende Fahrten mit ungeliebten Verspätungen. Doch da bist du. Du versüßt mir jedes Mal die Zeit.

„Te Quiero" flüsterst du mir ins Ohr und lässt damit mein Herz höherschlagen. Es ist Winter und wir haben unsere Jacken auf unsere Beine gelegt. Du hältst meine Hand und streichelst sie. So sitzen wir eine ganze Weile zusammen.

Du schaust mir tief in die Augen und lächelst mich frech an. Währenddessen führst du meine Hand Stück für Stück weiter dein Bein entlang. Ich packe etwas fester zu und bemerke direkt die Beule in deiner Hose.

Du bist sehr hilfsbereit, deshalb öffnest du den Reißverschluss deiner Jeans und rückst dich noch etwas zurecht. Ich schaue dich leicht empört an. In der Zwischenzeit ist meine Hand jedoch richtig bei dir angekommen und fühlt sich dort sichtlich wohl.

Du versuchst konzentriert und total ernst aus dem Fenster zu sehen. Zwischendurch schließt du die Augen. Ich weiß, es macht dich verrückt, aber du hast angefangen! Da musst du jetzt durch! Ich glaube, es gibt Härteres… Ich meine Schlimmeres.

Ich liebe es, dich so zu sehen. Gleichzeitig schießen mir Gedanken in den Kopf, wie:
„Was passiert, wenn du kommst? Ist das meine Jacke, die dort auf dir liegt?"
Konzentration.
„Ich kann dir die Jacke doch nicht plötzlich wegziehen?"
Okay, Konzentration.

Ich neige mich zu dir herüber, so dass es so aussieht, als würden wir gemeinsam etwas aus dem Fenster beobachten oder als würden wir uns etwas zuflüstern. Völlig vertieft.

Du hebst kurz die Jacke ein Stück an und lässt mich einen Blick auf dein bestes Stück werfen.

„Danke", denke ich mir.

„Das hier lässt mich alles total kalt und ich bin überhaupt nicht scharf auf dich."

Ich muss es mir nur lange genug einreden.

Plötzlich überkommt mich eine Idee. Ich klappe die Lehne, die zwischen uns ist, hoch und fordere dich auf, deinen Oberschenkel in meine Richtung zu schieben, so dass ich mich auf deinem Bein platzieren kann. Die Jacke ziehe ich mir an, so dass jetzt alles an dir offen liegt. Ich schmiege mich an dich, so dass niemand einen Blick erhaschen kann.

Als du vermehrt stärker atmest, lege ich dir kurz meine Hand auf den Mund. Du hast verstanden - unauffällig ist die Devise. Ich schaue auf deinen Penis und wünsche mir, wir wären für uns. Nur für einen kurzen Moment.

In Sekundenschnelle greift deine Hand unter meinen Pullover, nach meinen Brüsten und streichelt sanft meine Nippel. Nun genießt du es, mich verrückt zu machen. Ich bekomme direkt Lust auf mehr und denke mir nur: „Nicht noch geiler werden!"

Doch das war nicht alles. Dir scheint plötzlich aufzufallen, dass nicht nur du geschützt sitzt, sondern ich jetzt auch. So wandert deine Hand zielstrebig zwischen meine Oberschenkel.

Trotz des Wintereinbruchs trage ich einen Rock, weil dieser zum Bahnfahren bequemer ist. Und es hat noch weitere Vorteile, wie sich gerade zeigt. Zwischen meinen Schenkeln hält deine Hand an und verweilt dort in langsam streichenden Bewegungen.

Ich spreize meine Beine noch etwas weiter für dich und genieße deine sanften Streicheleinheiten. Du machst weiter und weiter und ich werde heißer und heißer.

„Okay - wohin?" Provisorisch machst du deine Hose zu und wir laufen durch die Gänge. „Da, ein freies Abteil!" rufst du freudig erregt. Gut, hauptsächlich erregt.

Im Abteil angekommen, zerre ich zeitgleich an meiner Strumpfhose und an meiner Unterwäsche herum und versuche außerdem, die Jacken irgendwie am Fenster zu drapieren. Währenddessen hast du schon längst wieder deine Hose geöffnet. Du stehst bereits hinter mir und reibst dich an meinem Po. Du schiebst meinen Rock hoch und dringst mit einem Mal tief in mich ein.

Ein paar wohltuende Stöße weiter setzt du dich und ziehst mich zu dir auf deinen Schoß. Wie gut das tut. Es wäre eine Folter gewesen, unter diesen Umständen weiterzufahren. Ich spüre deinen heißen Atem in meinem Nacken und genieße dein leises, aber intensives Stöhnen.

So mag ich Bahnfahren.

VERSCHLOSSENE AUGEN

Mit den Worten „Da bist du ja endlich", empfängst du mich verheißungsvoll. Du hast mich zu dir zum Essen eingeladen. Ich war den ganzen Tag schon aufgeregt.

„Was mich wohl erwartet?", habe ich mich wiederholt gefragt. Du hast es sehr spannend gemacht.
„Es wird ein unvergesslicher Abend", meintest du.
„So, so, unvergesslich also", dachte ich.
Dann werde ich mich mal hübsch machen.

Du hast alles so wunderschön detailliert hergerichtet. Überall stehen kleine Teelichter. Du fragst, ob ich mich schon auf den Nachtisch freue. In Gedanken freue ich mich auf ein Soufflé, doch du führst mich ins Schlafzimmer.

Du hast einen riesigen Balkon und eine wunderbare Aussicht auf die ganze Stadt. Alles ist hell erleuchtet. Neben deinem Bett befinden sich Dinge, die wir zuvor noch nie ausprobiert haben. Du fragst, ob du mich heute fesseln darfst. „Zunächst mal die Hände", fügst du hinzu. Du darfst.

Du ziehst mich bis auf den Slip aus. Du fesselst meine Hände, küsst meine Oberschenkel und fährst mit deiner Zunge an meinem Innenschenkel entlang. Sanft berührst du meine Vulva und ziehst mir langsam, Stück für Stück, meinen schwarzen Spitzen-Slip aus.

Du fragst, ob du mich jetzt an den Füßen fesseln darfst. Ich willige ein. Ich bin dir sowieso bereits verfallen. Du kehrst zu meinen Lippen zurück und deine Hand widmet sich wieder meinen unteren Lippen. Du küsst mich, streichelst mich und du versenkst deinen Finger in meiner Scheide. Die Worte „Ich wäre dann jetzt bereit, dich aufzunehmen" gehen mir durch den Kopf.

Du fragst, ob du mir die Augen verbinden darfst. Ich schaue dich fragend an, stimme aber zu. Du verbindest mir mit einem Seidentuch die Augen. Deine Lippen berühren meinen Bauch und arbeiten sich zu meinen Brüsten vor. Dort angekommen, leckst du meine Nippel und streichelst sie zart. Deine Hand fährt von meinem Hals aus nach unten. Zwischen meinen Schenkeln stoppt sie. Ich erwarte wieder deinen Finger, doch dann spüre ich deine Zunge in meinem Schoß. All meine Sinne sind geschärft. Jede Berührung, jeder Zungenschlag ist ein Genuss. Mein ganzer Körper befindet sich in einem Ausnahmezustand. Du bringst mich zur Ekstase.

INTIME GESTÄNDNISSE

Wenn ich dich so sehe, dich mit deinem schönen Körper. Dich, mit deinem Charme, mit deiner humorvollen Art. Dich, mit deiner Intelligenz und mit deiner einzigartigen Art, dich auszudrücken. Dich, mit deiner wunderbaren, unverwechselbaren Stimme. Dich, wie du dich bewegst, wie du bist, wie du strahlst.

Ja, wenn ich dich so sehe, dann steigt in mir der Wunsch auf, dich nur einmal zu berühren.

Ich möchte dich berühren. Deine schönen Hände, deine Arme, dein Gesicht, deinen Hals, deine Brust. Ich möchte dich berühren. Tief im Herzen möchte ich dich berühren.

Ich möchte in deinen Augen versinken, möchte dein Lächeln aus nächster Nähe sehen.

Ich möchte mit dir Stille erleben und auch bewegte Zeiten. Ich möchte Gefühl und Leidenschaft mit dir teilen. Ich möchte dich in all deinen Höhen und Tiefen begleiten.

Ich wünsche mir Austausch. Ein Miteinander. Eine ehrliche Auseinandersetzung. Gemeinsam. Zweisam. Ein authentisches Zusammensein.

Ich wünsche mir… dich!

In mir findest du Licht und Dunkelheit. Du findest Ehrlichkeit. Eine Frau, die zu dir steht. Eine, die bereits viel überstanden hat. Eine, die authentisch ist, die sich nicht verstellen möchte. Du findest eine Frau, die darauf wartet, dass du ihre Leidenschaft wiedererweckst. Du findest eine Frau, die für das, was sie will, einsteht.

Ich möchte dich langsam ausziehen. Stück für Stück deinen Körper erkunden und dich spüren. Ich möchte dich mit all meinen Sinnen erleben. Ich möchte wissen, wie du riechst, wissen, wie du schmeckst. Ich möchte wissen, wie du dich anfühlst. Ich möchte sehen, wie es für dich ist, wenn ich dich verwöhne. Ich möchte hören, wie es für dich ist.

Ich möchte deinen Körper entdecken und ihn mit meinen Händen erforschen. Ich möchte dich mit meiner Zunge verwöhnen und dir dabei den Kopf verdrehen. Ich möchte deine Erregung spüren und sehen, wie ich dich dabei wahnsinnig mache. Ich möchte deinen Penis in meinem Mund verschwinden lassen und dich damit verrückt machen. Ich möchte, dass sich deine Erregung ins Unermessliche steigert und dir dabei zusehen.

Ich möchte dir dabei zusehen, wie sehr du meine Berührungen und meine Zunge genießt. Ich möchte sehen, wie du immer wieder kurz vor dem Orgasmus stehst und wie sehr du ihn dir eigentlich herbeisehnst. Ich möchte dich stöhnen hören. Ich möchte sehen, wie du mitschwingst. Ich möchte deine Geilheit erleben.

Ich möchte wissen, wie du dich in mir anfühlst. Ich möchte mich auf deinen Penis setzen und dich dabei tief in mich eindringen lassen. Ich möchte dich reiten und dich in mir genießen. Ich möchte deine starken Hände auf meinem weichen Busen spüren und erfahren, wie es ist, wenn du meine Brustwarzen streichelst. Ich möchte deine Hände an meiner Hüfte spüren und erleben, wie es ist, wenn du mich auf dir mitbewegst. Ich möchte erleben, was dir gefällt und was dir guttut.

Ich möchte dich zur Ekstase bringen und erleben, wie sich das anfühlt. Ich möchte spüren, wie es ist, wenn du in mir kommst. Ich möchte fühlen, wie sich das anfühlt, wie du dabei atmest, wie du dich anhörst. Ich möchte dich dabei sehen. Ich möchte deine Erleichterung danach spüren.

Ich möchte danach in deinen Armen liegen und mich wohlfühlen. Nahe bei dir. Mit dir. Ich möchte den Moment genießen. Diesen unvergesslichen Moment mit dir.

Ich möchte Intimität mit dir (er) leben.

DAS GEHEIMNIS DER SCHRIFTSTELLERIN

Schon lange habe ich mir vorgestellt, wie es wohl ist, Sex mit dir zu haben. Ich finde dich unglaublich anziehend. Erotik pur, Intelligenz, Ausstrahlung. Es ist einfach alles da.

Ich stelle mir vor, wie du wohl nackt aussiehst,
stelle mir vor, wie dein Körper aussehen mag.
Ich stelle mir dich vor, wie du so vor mir stehst.

Ich stelle mir vor, wie du mich ansiehst,
stelle mir vor, wie du mir näherkommst.
Ich stelle mir dich vor, wie deine Lippen sich den meinen nähern.

Ich stelle mir vor, wie du mich küsst,

stelle mir vor, wie deine Hände mich berühren.
Ich stelle mir dich vor, wie dein Penis sanft meinen Scheideneingang berührt.

Ich stelle mir vor, wie du wohl schmeckst
stelle mir vor, wie du riechst.
Ich stelle mir dich vor, wie du dich anfühlst.

Ich stelle mir vor, wie du mich neugierig ausziehst,
stelle mir vor, wie sehr du auf diesen Moment gewartet hast.
Ich stelle mir dich vor, wie du dir nichts sehnlicher wünscht, als in mich einzudringen.

Ich stelle mir vor, wie du mich auf das Bett wirfst,
stelle mir vor, wie dein Kopf zwischen meinen Beinen verschwindet und wie sehr sich deine Zunge dort wohlfühlt.
Ich stelle mir dich vor, wie du es genießt, mich verrückt zu machen.

Ich stelle mir vor, wie leidenschaftlich du bist,
stelle mir vor, wie hart dein Schwanz ist.
Ich stelle mir dich vor, vor lauter Geilheit nicht mehr wissend, wohin mit dir.

In meiner Vorstellung befinden sich deine Hände an meinen Oberschenkeln und drücken sie noch weiter auseinander, damit du einen noch besseren Zugang zu mir hast.

Du hast genau den richtigen Punkt gefunden. Den, auf den es ankommt. Und wie gut du mit deiner Zunge umgehen kannst. Ich kann nicht mehr klar denken. Als ich komme, lächelst du mich an und gibst mir zu verstehen, dass du noch nicht mit mir fertig bist.

Du küsst mich weiter und führst einen Finger in mich ein. Währenddessen habe ich meine Beine noch weiter gespreizt und gebe dir damit zu verstehen, dass ich dich erwarte. Du machst mich ganz verrückt. „Oh, bitte!", sage ich zu dir und ziehe dich näher zu mir heran. Du lächelst wieder und drückst deinen heißen Körper eng an mich. Du quälst mich mit rhythmischen Bewegungen, ohne in mir zu sein.

Ich will dich - Jetzt!
„Bitte fick mich!", flüstre ich dir ins Ohr. Das scheint dich ziemlich geil zu machen. Dennoch fragst du nochmal nach. „Wirklich?" lautet deine Antwort. „Los, fick mich!" hauche ich dir ins Ohr. Dein harter Schwanz gleitet ohne Umwege in mich hinein und beginnt sich auch direkt in mir wohlzufühlen.

Ich liebe es, dein Stöhnen an meinem Ohr zu erleben, wie erregt du bist, wie geil du bist und wie sehr du es genießt.

Es fühlt sich so gut an. Ich bitte dich, noch heftiger zuzustoßen. Du befindest dich tief in mir. Ich genieße dich so sehr. „Fick mich härter.", flüstre ich dir ins Ohr und wundere mich über mich selbst. Diesen Sex mit dir, diese heftigen Stöße, werde ich nie vergessen. Ich werde nicht vergessen, wie sich dein hartes Glied in mir anfühlt und wie gut du dich bewegen kannst. Ich werde deine Geilheit nicht vergessen und erstrecht nicht, wie es war, als du in mir gekommen bist.

DIE HINGABE

Jetzt stehst du da. Mit deinem heißen Körper. Ange-
bunden an einer Wand mit den dafür vorgesehenen
Halterungen. Mit verbundenen Augen. Du möchtest
heute erfahren, wie es ist, sich völlig hinzugeben. Den
Wunsch möchte ich dir sehr gerne erfüllen.

Als ich dir näherkomme, bemerke ich dein zittern. Du
bist etwas aufgeregt - und dennoch gespannt, was dich
gleich erwartet. Ich fasse an deine starke Brust, streiche
über deine leicht angedeuteten Bauchmuskeln, über
dein schlankes Becken und greife an deinen knackigen
Po. Du dankst es mir mit einer prall ausgefüllten
Unterhose - mit einer spontanen Erektion.

Meine Hand greift unter das letzte Stück Stoff an deinem Körper und schnappt sich zielstrebig deinen harten Schwanz. Er fühlt sich ganz prall an. Zu allem bereit. Jetzt und hier.

Ich befreie deinen Penis von der lästigen Unterwäsche. Da ich dir versprochen habe, mich gut um dich zu kümmern, lasse ich ihn nicht lange in der Kälte und schließe ihn sorgsam in meinem Mund ein.

Dein Körper beginnt zu beben. Dein Atem verändert sich. Ich spüre, wie sehr du meine Zunge genießt und wie gut es dir tut. Ich genieße es, dich so verrückt zu machen und gleichzeitig erregt es mich, dich so zu sehen.

Als ich auch deine Hoden und den umliegenden Bereich miteinbeziehe, schnappst du kurz nach Luft und atmest heftiger. Mit meinen Händen halte ich mich an deinem Becken fest und bewege es sanft mit.

Ich wechsle über und befriedige dich weiter mit meiner Hand, während sich meine Lippen deinen Brustwarzen widmen. Ich lecke an ihnen, sauge mich fest und spiele mit meiner Zunge weiter an ihnen herum. Meine Hand führt immer schneller werdende Bewegungen an dir aus. Ich spüre die Anspannung in deinem gesamten Körper. Du sehnst ihn dir herbei - den Höhepunkt.

Noch einmal führe ich deinen Penis in meinen Mund ein und lasse meine Zunge sich an dir austoben. Während meine Hände weiter an dir aktiv sind, spüre ich, wie du dich immer mehr fallen lassen kannst.

„Ich will erleben, wie du kommst.", flüstre ich dir ins Ohr, als ich wieder zur Handarbeit wechsle und mich sanft mit meinen Brüsten an dich drücke. Ich bin an deiner rechten Seite angelehnt und schaue auf deinen Penis, der gerade heftige Handbewegungen erfährt. Dein heißer Körper bewegt sich rhythmisch mit.

Als ich dich immer heftiger atmen höre, schaue ich zu dir hoch. Ich spüre, dass es gleich so weit ist und schaue dich ganz gezielt dabei an. Ich kann nur erahnen, wie es für dich ist, als du kommst.

Deine Augen konnte ich ja leider nicht sehen, weil sie verbunden waren, aber der Rest deines Gesichts sprach Bände.

ENDLICH URLAUB

Endlich Urlaub. Endlich Sonne. Endlich Meer.

Allein machte ich mich auf den Weg in mein höchstpersönliches, individuelles, kleines Paradies in Frankreich. Es soll hier zu dieser Jahreszeit sehr ruhig sein. Kein Tourismus. Kein Trubel. Kein zur Schau stellen. Einfach nur ich. Einfach nur genießen. Einfach nur Sein.

Als ich den Strand erkunde, genieße ich das Wellenrauschen, den Wind, der mir ins Gesicht weht und den Sand zwischen meinen Zehen. Ich liebe den Geruch des Meeres und seine Unberechenbarkeit. Ich bin hier wirklich allein und kann mein Glück kaum fassen. Zumindest dachte ich das…

Doch plötzlich bist du da. Du sitzt genauso verträumt im Sand, wie ich wahrscheinlich gerade aufs Meer geschaut habe. Auf der einen Seite ärgere ich mich, doch nicht allein zu sein, auf der anderen Seite würde ich gern mehr über dich erfahren und gehe weiter auf dich zu.

Du ziehst mich magisch an. Deine Ausstrahlung ist einfach - unbeschreiblich. Du strahlst Ruhe aus, aber auch Zuversicht. Du wirkst, als würdest du vollkommen in dir ruhen. Und selbstsicher. Du wirkst selbstsicher.

Ich komme dir unbemerkt immer näher. Schön bist du auch noch! Mittlerweile komme ich ins Zweifeln. Soll ich dich einfach so ansprechen? Reichen meine Französischkenntnisse aus? Bist du überhaupt von hier? Es gibt so viel, was ich über dich wissen möchte.

Ich entschließe mich, nochmal in mich zu gehen und laufe einen kurzen Umweg über ein kleines Waldstück. Ich diskutiere mit mir selbst, wäge Pro und Contra ab und komme zu dem Entschluss: Ich mache es einfach! Ich spreche dich an.

Freudestrahlend über meinen soeben gefassten Entschluss komme ich aus dem Waldstück wieder hervor und suche mit neugierigem Blick die Gegend nach dir ab.

Dort sitzt du ja noch! In dem Moment, in dem ich voller Enthusiasmus losgehen will, ziehst du dir deine Badeshorts etwas weiter runter. Ich bleibe genauso zielstrebig, wie ich losgehen wollte, wieder stehen. Ich bin jetzt doch etwas verwirrt und entschließe mich dazu, noch etwas abzuwarten.

Du lehnst dich etwas weiter zurück und stützt dich auf deinem linken Ellenbogen ab. Jetzt verstehe ich auch, wobei ich dich gerade beobachte. Mit deiner rechten Hand berührst du deinen steif gewordenen Penis. Du führst langsame Handbewegungen aus, die in kurzer Zeit schneller werden.

Du, allein mit dir und deiner Lust. Und ich sehe dir zu. Du legst deinen Körper komplett im Sand ab und ich kann dich nun in deiner vollen Schönheit sehen. Ich bin fasziniert und nahezu hypnotisiert von dir, von deiner Handlung, von deinen Handbewegungen.

Ich stelle mir vor, wie es wäre, würde ich jetzt nackt ins Meer springen, nur um danach auf deiner Höhe wieder aufzutauchen, um dann direkt auf dich zuzugehen. Zielstrebig und nackt. Nass und verführerisch.

Würdest du dich dann immer noch weiter um dich selbst kümmern? Würdest du dich mir widmen? Oder würdest du gar beschämt verschwinden?

Mir gefallen die ersten beiden Optionen. Ich stelle mir vor, wie du aufstehst, mir entgegenkommst und wie deine Hände und dein harter Schwanz meinen Körper berühren. Ich stelle mir vor, wie sich dein Körper wohl anfühlt und wie du küsst. Ich stelle mir vor, wie wir es dann hier am Strand treiben. Hemmungslos und wild. Für uns. Einfach nur wir.

Ich werde aus meinen Gedanken gerissen, als es plötzlich wie aus dem Nichts heraus anfängt zu regnen. Während ich nach einem geeigneten Platz zum Unterstellen suche, brichst du deine Aktion unvollrichteter Dinge ab und suchst auch nach einem trockenen Unterschlupf.

Wir treffen uns unter den Bäumen am Waldrand und lächeln uns direkt an. Ich zwinge mich die ganze Zeit dazu, nicht zu deiner Badehose hinunterzuschauen, die sicher noch etwas ausgebeult ist.

Wir unterhalten uns ganz ohne Verständigungsprobleme, sind direkt auf einer Wellenlänge und verabreden uns zum Abendessen. So einfach kann es also sein!

„Wie unhöflich…", sagst du und reichst mir deine rechte Hand: „Ich habe mich ja noch gar nicht vorgestellt!"

DAS HOTELZIMMER

In einem gut besuchten Club fällst du mir direkt ins Auge. Du bist anders. Du strahlst etwas Besonderes aus, was ich noch nicht in Worte fassen kann. Plötzlich stehst du neben mir an der Bar. Ich schaue zu dir herüber, aber du beachtest mich nicht. Dafür steht dein Freund auf der anderen Seite neben mir und spricht mich an. Er fragt mich, ob ich etwas trinken möchte und sagt, ich wäre ihm schon die ganze Zeit aufgefallen. Er merkt aber sehr schnell, dass ich nur Augen für dich habe. Er merkt aber auch, dass du es noch nicht verstanden hast. Also bezieht er dich mit in unser Gespräch ein. Ihr seid beide berufsbedingt in der Stadt, ebenso, wie ich.

Bald ist klar, dass wir noch zusammen weiterziehen. Du wirkst etwas abwesend. Aber sobald du sprichst, bist du witzig, charmant und zuvorkommend. Wir beschließen gemeinsam, noch auf euer Hotelzimmer zu gehen. Wir beide trinken noch etwas zusammen, während sich dein Freund auf sein Bett gelegt hat und wie hypnotisiert zum Fernseher schaut.

Ich suche deinen Körperkontakt und lehne mich bei dir an. Du nimmst mich in den Arm und plötzlich ist dein Gesicht ganz nahe an meinem. Ich drehe mich zu dir und wir küssen uns. Ich lege meine Hand auf deinen Oberschenkel und du streichelst meine Brüste.

Als ich kurz über meine Schulter schaue, scheint dein Freund eingeschlafen zu sein. Auf deinem Bett legst du dich auf den Rücken und ziehst mich auf dich drauf. Während wir uns weiter küssen, sind meine Hände an deiner Gürtelschnalle zugange und versuchen sie zu öffnen. Als der Reißverschluss deiner Hose fast wie von selbst aufgeht, ziehst du mir mein Shirt aus und öffnest meinen BH. Ich befreie dich von deinem Shirt und anschließend von der Hose. Du ziehst mich weiter aus und leckst währenddessen an meinen Brustwarzen.

Dein Penis reckt sich mir entgegen. Ich führe ihn in mein Innerstes und reite dich. Ich kann nicht glauben, dass das hier gerade passiert. Noch weniger traue ich meinen Augen, als dein Freund plötzlich in unsere Richtung schaut und langsam seine Hose öffnet. Abbrechen will ich aber auch nicht. So guten Sex hatte ich lange nicht mehr. Du unter mir, wie du mich voll und ganz ausfüllst und dein Freund neben mir, beobachtend und mittlerweile onanierend. Er rückt näher an uns heran, um sich das ganze Geschehen hautnah anzusehen.

Wir tauschen die Positionen. Plötzlich finde ich meine Beine hinter deinen Ohren wieder. Du fickst richtig gut. Als du kommst, kommt dein Freund näher, streichelt mir über mein Bein und schaut mich schon fast fragend an. Ich sage nichts und lasse ihn weiter streicheln. Es fühlt sich gut an. Seine Hand berührt meine Vagina und streichelt sie.

Auf einmal verschwindet sein Gesicht in meinem Schoß und seine Zunge erkundet meinen Intimbereich. Das hatte ich jetzt nicht erwartet. Ich bin angenehm überrascht und lasse mich verwöhnen. Als ich kurz vor dem Höhepunkt stehe, spüre ich plötzlich seinen Penis in mir. Oh mein Gott, was für eine abgestimmte Kombination. Das war sicher bisher der intensivste Orgasmus meines Lebens.

Als er auch kommt, stehst du plötzlich wieder vor mir. Bereit. Und ehe ich mich versehe, spüre ich deinen harten Schwanz wieder in mir. Das Szenario wiederholt sich noch mehrfach in der Nacht. Ein unvergesslicher Aufenthalt in einer fremden Stadt!

DIE WIESE

Wir lernen uns gerade erst kennen, aber ich spüre eine spezielle Verbindung zwischen uns. Ein gemeinsamer Spaziergang führte uns zu hierher. Mit dem Vorhaben, es uns gemütlich zu machen, verschwinden wir inmitten der Wiese. Die ausgebreitete Decke wird sanft von den Gräsern getragen.

Ich genieße deine Gegenwart. Wir teilen einen ähnlichen Humor und sind auch schon in tieferen Gesprächen versunken. Ein kleiner Flirt hier und da zaubert mir jedes Mal ein Lächeln aufs Gesicht. Ich bin so froh, dass wir uns kennengelernt haben.

Völlig aus dem Nichts, fragst du mich, ob du mir eine Frage stellen darfst. Total cool sage ich „Klar", bin aber innerlich schon etwas nervös, auf das, was jetzt kommt.

„Würdest du mich gerne küssen?", fragst du mich mit einem breiten Grinsen. Was für eine Frage, denke ich mir, spreche aber skeptisch den Satz „Das muss ich mir mal genauer ansehen!" aus.

Ich rutsche etwas näher an dich heran und betrachte dein hübsches Gesicht aus nächster Nähe. Du trägst eine Sonnenbrille. Deine Augen kann ich so leider nicht sehen, aber es ging ja auch ums Küssen, also schaue ich mir deine Lippen an. Sie sind wunderschön geformt. Aber wenn ich ehrlich bin, sehe ich sie mir nicht zum ersten Mal an. Ich höre sie nach mir rufen. Ich möchte sie berühren, möchte dein Gesicht streicheln und einfach nur in deinen Armen liegen.

Noch während meiner Analyse fängst du an zu lächeln. Ich lehne mich wieder zurück und sage ganz entspannt mit einer in der Tonlage schwankenden Stimme „Jaaa".

Als du einfach nur weitergrinst, ohne etwas zu sagen, schiebe ich ein unterdrückt neugieriges „Und du?" hinterher. Du machst nun das Gleiche mit mir, rückst näher an mich heran und kommst mir ganz nahe. Du flüsterst mir ein „Ja" ins Ohr und noch bevor es vollständig bei mir angekommen ist, spüre ich deine Lippen auf meinen.

Deine Hand streichelt mein Gesicht. Du schaust mich an. Du schaust mir einfach nur tief in die Augen. Ich würde gerne mehr von dir spüren. Als hätte ich es ausgesprochen, liegst du plötzlich zur Hälfte auf mir und ich genieße es, deinen Körper so nahe an meinem zu haben.

Deine Hand gleitet an meinem Körper entlang. Wir küssen uns. Ich spüre dich an meine Mitte klopfen. Ein sanfter Druck, begleitet von einem intensiven Hochgefühl von Freude, Anspannung und Erregung.

Meine Hände wollen jeden Zentimeter deines Körpers erkunden. Ich ziehe dein Shirt weiter nach oben, um deine nackte Haut zu berühren. Du setzt dich kurz auf, ziehst es dir ganz aus und schiebst, während du mich verträumt ansiehst, meinen Rock etwas weiter nach oben. Ich greife nach deiner Hose und öffne deinen Gürtel.

Mit etwas mehr Druck schiebst du meinen Rock noch ein Stück weiter hoch und fährst mit deinen Fingern am Rand meines Slips entlang. Wie automatisiert öffnet meine Hand den Reißverschluss deiner Hose und zieht sie ein Stück herunter. Als du dich wieder auf mich legst, spüre ich deine ganze Härte, wie sie sich an mich drückt - ja schon nahezu in mich herein drückt.

Ich werde immer geiler und möchte mir am liebsten auf der Stelle den Slip zerreißen und dich tief in mir aufnehmen. Ich möchte abwechselnd sanft und hart von dir gestoßen werden.

Du schiebst mein Top nach oben und erkundest einen meiner Nippel genauer. Du leckst an ihm und ich will dich nun noch mehr als zuvor. Und du willst mich auch - ich fühle es. Ich fühle dich. Meine Hand greift nach deinem Slip und zieht ihn etwas weiter nach unten. Ich frage mich, ob sich deine Zunge auch woanders so gut anfühlt.

Weil ich immer weiter runterrutsche, um dich weiter auszuziehen, küsst du mittlerweile meinen Hals. Ist auch schön. Um ehrlich zu sein auch ziemlich heiß. Ich hangle mich weiter an dir herunter, streife deine Brust, greife nach deinem festen Hintern und nähere mich deinem wunderschönen Penis. Ohne zu zögern, lasse ich ihn in meinem Mund verschwinden. Um mich herum ist alles vergessen. Es gibt nur uns.

Du bist immer noch über mir und genießt merklich meine Zungenspiele. Als du mich in meiner Aktion mit den flehenden Worten „Ich brauche eine kurze Pause" unterbrichst, bin ich kurz irritiert und schaue dich wahrscheinlich auch genauso an.

„Wir wollen doch noch ein bisschen weitermachen, oder?", lächelst du mich an. Verständnisvoll fange ich an zu grinsen. Ich habe verstanden.

DIE YOGA-STUNDE

Die Neugier treibt mich hierhin. Ein wahrer Traummann sollst du sein, haben mir meine Freundinnen erzählt. Ich bin sehr gespannt und möchte das nun selbst erfahren.

Plötzlich stehst du da.
In der Tür.
Unterhältst dich mit einer Teilnehmerin.
Du schaust in den Raum und siehst: mich. Du lächelst.
Du hast eine sehr offene Ausstrahlung, die dich direkt sympathisch macht. Ihr kommt in den Raum, du begrüßt uns als Gruppe und insbesondere auch die Neuen, die zu dir gefunden haben.

„Wir beginnen mit einer Meditation, damit wir alle hier im Raum bei uns ankommen.", sagst du mit ruhiger

Stimme. Du führst uns sanft durch die Meditation und ich fühle mich sofort ruhiger und bin voll bei mir. Für die Einsteiger sagst du ein paar einleitende Worte und bietest auch an, bei einzelnen Positionen Hilfestellung zu geben. Jetzt bin ich wieder aufgeregt.

Nach diesem Gedankenchaos bräuchte ich jetzt noch eine Meditation. Egal. „Atmen. Tief durchatmen." Wir beginnen mit den ersten Positionen und gehen verschiedene Asanas durch. Beim herabschauenden Hund stehst du plötzlich neben mir und drückst meinen Rücken noch weiter durch. Ich würde jetzt gern heraufschauen, aber das würde der Position nicht entsprechen.

Die Stunde ist vorbei und ich bin tiefenentspannt. Du rufst mich nochmal zu dir und sagst mir, ich sei ein Naturtalent. Du fragst mich, ob ich das zum ersten Mal gemacht habe. Wir reden eine Weile und sind plötzlich völlig vertieft in unserem Gespräch. Leider beginnt dein nächster Kurs gleich schon. Wir verabschieden uns etwas wehmütig und sagen „Bis nächste Woche!"

„Nächste Woche.", murmle ich vor mich hin. „Was soll ich denn bis dahin machen?", denke ich mir.
„Weiterleben wahrscheinlich.", lautet meine Antwort. Es war ein tolles Gespräch. Gedankenvertieft laufe ich in die Richtung der Straßenbahn und bemerke gar

nicht, dass du mir nachgelaufen bist. Du lächelst mich an und reichst mir einen Zettel mit deiner Nummer drauf. „Vielleicht können wir ja heute Abend was trinken gehen!", sagst du, während du dich auf dem Absatz schon wieder umdrehst, um zu deinem Kurs zurückzukehren. Ich muss lachen, denn du bist mir den ganzen Weg auf Socken hinterhergelaufen.

Mit dem panischen Gedanken „Was ziehe ich bloß heute Abend an?" eile ich nach Hause und bin zugleich auch schon wieder aufgeregt und froh. Mein Herz schlägt schneller. Das sind definitiv zu viele Emotionen auf einmal!

Ich schicke dir eine Nachricht und frage dich, wann wir uns treffen wollen. Wir verabreden uns für 19 Uhr in einem nahegelegenen Café. Dort angekommen, sehe ich dich auch schon auf mich warten. Gut siehst du aus. Und du trägst sogar Schuhe. Wir unterhalten uns stundenlang und es kam, wie es kommen musste: das Café möchte schließen. Ich frage dich, ob du noch mit zu mir kommen möchtest. Du möchtest.

Du sagst mir, wie schön du die Zeit mit mir findest und wie schnell die Zeit mit mir vergeht. Ich hänge an deinen Lippen. An deinen wunderschönen Lippen. Ich möchte sie berühren - mit meinen Lippen. Ich glaube, ich höre gerade nur noch halbherzig zu. Ich kann einfach nicht aufhören, mir vorzustellen, wie du wohl küsst. Ich frage mich, ob sich deine Lippen so gut anfühlen, wie sie aussehen. Ich glaube, ich habe mich zu auffällig verhalten, denn du fragst plötzlich, ob alles in Ordnung ist und sagst, dass ich etwas abwesend wirke.

Was habe ich erwartet? Meditation - Achtsamkeit - ein Mann, der aufmerksam ist! Ohne nachzudenken, sage ich „Ich frage mich schon die ganze Zeit, wie du wohl küsst!" Ich kann nicht glauben, dass ich das gesagt habe! Du fragst mich, ob ich es herausfinden möchte und rückst währenddessen schon näher an mich heran. Mir hat es die Sprache verschlagen. Du fragst nochmal mit einem „Und?" nach. Sprechen kann ich gerade nicht, also küsse ich dich. Genauso habe ich es mir vorgestellt. Zärtlich, aber doch leidenschaftlich. Du weißt auch deine Zunge hervorragend einzusetzen. Mir wird schon ganz heiß.

Inzwischen liegst du halb auf mir und deine Hand wandert an meinem Körper entlang. Wir ziehen uns gegenseitig unsere Oberteile aus und ich sitze nun auf deinem Schoß. Bei dir regt sich schon etwas. Direkt vor deinem Gesicht befinden sich meine Brüste. Du kümmerst dich sorgfältig um sie. Ich streichle über deine Brustwarzen. Deine Reaktion kann ich gut deuten, also widme ich mich ihnen noch etwas intensiver. Als meine Zunge ins Spiel kommt, macht es dich fast verrückt.

Ich öffne deinen Gürtel und den Knopf deiner Hose. Ich erahne schon, was mich gleich erwartet. Ich streiche über die Beule in deiner Hose und öffne langsam den Reißverschluss. Du verwandelst meinen Rock in einen Gürtel, indem du ihn hochschiebst und mich damit freilegst. Du streichelst meine Vagina durch meinen weißen Spitzen-Slip. Immer schön am Eingang entlang - hoch und runter. Erst bist du ganz sanft, dann werden deine Bewegungen intensiver. Ich kann es kaum erwarten, dich von deiner Hose zu befreien. Ich stehe auf, du entledigst dich ihr und ziehst mich im gleichen Moment wieder zu dir heran. Jetzt sitze ich mit dem Rücken zu dir auf deinem Schoß. Du knetest meine Brüste, massierst meine Brustwarzen und machst dich immer wieder von hinten bemerkbar, indem sich dein Penis an mir reibt.

„Lass es uns etwas bequemer machen.", sage ich und führe dich zu meinem Bett. Als du hinter mir stehst, strecke ich dir meinen Hintern entgegen und reibe mich an deinem harten Penis. Du schnappst ihn dir sofort und knetest ihn mit deinen starken Händen durch. Du küsst meinen Rücken von oben bis unten und ziehst mir langsam den Slip aus. Deine Hände packen mich von hinten und suchen den Weg in das feuchte Gebiet. Dein Finger dringt in mich ein und bereitet mir direkt große Freude. Du weißt, was du da machst.

Mit meiner rechten Hand gehe ich nunmehr auf die Suche und taste mich weiter vor. Ich ziehe deine Unterhose ein Stück herunter und habe direkt dein steifes Glied in der Hand. Ich kann es nicht erwarten, dich in mir zu spüren. Ich beuge mich wieder nach vorne und du weißt sofort, was ich will. Du dringst von hinten in mich ein. Das Gefühl ist atemberaubend. Ich liebe es. Du fühlst dich gut an. Heiß und geil.

Du wirfst mich aufs Bett, so dass ich augenblicklich auf dem Rücken liege. Du legst dich auf mich und küsst mich am Hals. Meine Beine sind weit gespreizt. „Bitte komm wieder rein!", denke ich mir. Aber du berührst immer wieder nur kurz meinen Scheideneingang und gehst dann wieder zurück. Ich glaube, du weißt, wie geil du mich damit machst! Ich will dich - jetzt!

Du stößt ein paar Mal heftig zu und lässt mich aufstöhnen. Dann ziehst du ihn wieder raus und beginnst von vorn.

Hätte ich gewusst, dass eine Yoga-Stunde so enden kann, wäre ich schon viel früher mal hingegangen!

DER RESTAURANT-BESUCH

„Es gibt etwas zu feiern!", sagst du mir am Telefon. „Lass uns heute Abend Essen gehen.", schiebst du hinterher. Ich freu mich. Endlich kann ich mein neues Outfit tragen, bei dem ich mich direkt nach dem Kauf gefragt habe, zu welcher Gelegenheit ich sowas wohl tragen könnte.

Ich bin schon etwas neugierig, was es zu feiern gibt. Ein gemeinsamer Abend ist aber schon Grund genug zur Freude. Du bist pünktlich wie immer und wir fahren zu unserem Lieblingsrestaurant. Reserviert wurde uns eine etwas abgelegenere Ecke, in der wir wirklich unsere Privatsphäre haben. Ganz aufgeregt schaust du mich an: „Es soll bald ein Arbeits-Projekt stattfinden - in Paris!", sagst du freudestrahlend.

„4 Monate lang soll das gehen!", sagst du total aufgeregt. Ich bin mittlerweile schon recht traurig. 4 Monate sind schon eine lange Zeit, die wir uns nicht sehen werden. Du sagst, du bekommst dort eine ganze Wohnung für dich allein zur Verfügung gestellt. Ich werde etwas hellhöriger. „Und du kommst mit!", schießt es plötzlich aus dir heraus.

Ich weiß gar nicht, was ich sagen soll. Ja, ich bin flexibel und kann von überall aus arbeiten. Was spricht also dagegen? Nichts! Also sage ich dir freudestrahlend zu. Darauf sollten wir anstoßen. Sowas passiert ja schließlich nicht jeden Tag.

Wir entwerfen schon Pläne, überlegen, wie es wohl wird und was wir alles mitnehmen. Aber wir sind uns sicher: Es wird schön!

Du sagst mir, wie schön ich in meinem neuen Kleid aussehe und fragst, ob ich es extra für dich heute angezogen habe. Natürlich habe ich das. Ich weiß doch, wie gerne du mir in den Ausschnitt schaust. Zusätzlich hat dieses Kleid ein paar aufregende Seitenschlitze. Als ich diese etwas hochziehe, blitzen meine Strapse heraus und lächeln dich verführerisch an.

Du küsst mich und berührst dabei mein Bein in Höhe der Strapse. Ich fasse dich an deiner Taille an. Dort bist du besonders empfindsam. Unser Essen kommt. Es sieht wunderbar aus. Um nicht aufzufallen, legst du dir die Serviette auf den Schoß. Leider ist sie weiß und fällt mehr auf, als deine schwarze Anzughose. Die Serviette liegt etwas weiter oben, als sie es normalerweise tun sollte. Ich grinse vor mich hin und packe dir kurz an den Oberschenkel, um dir zu zeigen, dass ich es längst bemerkt habe. Du musst lachen. Ich auch.

Wir küssen uns wieder. Ich ziehe langsam und mit etwas Druck wieder die Serviette von deinem Schritt weg. Ich lege sie auf den Tisch und meine Hand wieder dorthin zurück. „Wirklich sehr praktisch so eine abgelegene Ecke!", denke ich bei mir. Ich massiere deinen „Servietten-Bereich" und du versuchst dir nichts anmerken zu lassen. Ich mag lange Tischdecken. Ich glaube, würde das auffallen, könnten wir hier nie wieder hinkommen. Ich öffne langsam und im Verborgenen deinen Reißverschluss und taste mich zu deinem harten Glied vor. Ich tauche unter der Tischdecke ab und nehme ihn für einen kurzen Moment in meinem Mund auf.

Du schaust mich etwas irritiert, aber mehr noch total erregt an und versuchst weiterhin, dich unauffällig zu verhalten. Du versuchst zu essen, aber ich habe etwas Angst, dass du dich verschlucken könntest, weil du etwas intensiver als sonst atmest.

Als ich wieder neben dir sitze, gehst du mit deiner Hand wieder an den Schlitz meines Kleides und tastest dich weiter vor. An den Strapsen vorbei, kommst du an meine heute sehr knapp ausfallende Unterwäsche. Ouvert. Du hast direkten Zugang und das macht dich noch geiler. Mich auch.

Oh, wie gerne ich jetzt meine Beine um deine Hüfte schlingen würde. Ich wünsche mir deine Zunge in mir und stelle mir vor, wie du mich sanft zur Ekstase leckst, einen Finger in mir versenkst und meine Geilheit fühlst. Ich würde mir wünschen, dass du dann ganz tief in mich eindringst und wir die Welt um uns herum vergessen.

Du streichelst meine Schamlippen. Wir sehen uns tief in die Augen. Du denkst laut darüber nach, ob es wohl klappen könnte, dass, wenn du etwas gebückt an mir vorbeigehen würdest, du dann einfach für einen kurzen Moment bei mir reinkommst und wir uns nur einmal kurz vereinen würden. Würde das wohl auffallen? Wir sind beide so unendlich geil. „Nur einmal…", sagst du. Noch als ich mich frage, wie du dir das vorstellst, drehst du dich auch schon in meine Richtung. Mittlerweile hältst du auch wieder die Serviette in der Hand. Ich strecke ein Bein an dir vorbei und du berührst mich direkt voller Vorfreude zwischen den Beinen, ohne dich vorher umzuschauen. Ich rücke noch ein Stück nach vorne an die Bank. Ich sehe deinen Schwanz, wie er vor lauter Erregung pulsiert und erwartungsvoll in meine Richtung blickt. Du umarmst mich und schiebst ihn währenddessen einmal tief in mich rein. Es gibt noch zwei weitere Stöße, dann trennen wir uns wieder.

Am liebsten würden wir gerade den Rest des Menüs ausfallen lassen und bei der nächsten Gelegenheit übereinander herfallen. Als der Kellner zum Abräumen kommt, fragt er nach deiner Serviette. Die möchtest du allerdings noch nicht hergeben, denn sie dient noch deinem Schutz. Der Reißverschluss wollte noch nicht so recht zugehen.

Ich bin gespannt was es zum Nachtisch gibt. Jetzt und auch später noch zu Hause. Es wird bestimmt wieder etwas Heißes.

VERHEIßUNGSVOLLE ERWARTUNGEN

Da sitzt du nun vor mir und streichst an meinen Innenschenkeln entlang. Ich spüre deine Zunge an meiner Klitoris. Zärtlich erkundest du auch den Rest meines Körpers. Du machst mich damit total verrückt. Langsam steckst du deinen Finger in meine feuchte Scheide. Eine Berührung verrät meine Geilheit.

Du schaust mich an und machst - nichts! Du siehst mich einfach nur an. Du kniest direkt vor mir und ich glaube, du genießt den Anblick, wie ich vor lauter Verlangen nach dir völlig verrückt werde.

Ich halte es nicht mehr aus und will selbst Hand anlegen. Für ein paar Sekunden lässt du es zu, doch dann nimmst du meine Hand wieder weg und gibst mir zu verstehen, dass ich mich gedulden soll.

Ich will dich! Jetzt. Hart. Meine Vagina schreit nach dir! Sie bettelt. Hörst du sie flehen? Ich glaube mittlerweile, du genießt es wirklich, mich so zu sehen.

Du schiebst meine Beine noch etwas weiter auseinander und dein Kopf verschwindet wieder in meinem Schoß. Dieses Mal widmest du dich mir noch intensiver als zuvor. Du küsst meinen Bauch, streichelst und küsst meinen Hals.

Endlich ist es so weit. Du packst deinen harten Penis aus und berührst sanft meinen Scheideneingang. Du drückst dich immer wieder an mich und ich kann es kaum noch erwarten, bis du in mich eindringst.

Heiß, du bist so heiß. Und hart. Sehr hart. Langsam dringst du in mich ein und stößt dich immer weiter zu mir hervor. Jeder Augenblick mit dir ist eine sinnliche Erfahrung, ein wahrer Genuss. Ich genieße dich. Rhythmisch bewegst du dich in mir und bescherst mir damit unvergessliche Momente.

Bitte - hör´ - nie - wieder - damit - auf!

IM MITTELALTER WAR ALLES LEICHTER

Wir, als eingefleischte Mittelalterfans, besuchen fast jede Veranstaltung in unserer Nähe. Es ist einfach immer wieder ein besonderes Erlebnis. Es ist ein Eintauchen in eine andere Welt. Dort wird anders geredet, es gibt eine andere Währung und viele Menschen sind wirklich nahezu authentisch gekleidet. Die meisten Veranstaltungen finden im Wald statt - die heutige auch.

Du trägst einen Kilt. Ich finde, er steht dir hervorragend. Zudem siehst du auch noch ziemlich scharf darin aus. Ich glaube, das kann man nicht von jedem Mann sagen, der einen „Rock" trägt.

Ich habe mich auch für einen Rock entschieden. Die Temperaturen gehen heute fast an die 30 Grad Celsius. Überall um uns herum wird gekocht und gegrillt. Zum Glück gibt es auch gekühlte Getränke.

Eine Zaubershow jagt die nächste. Bands treten auf und die Laune der Leute steigt und steigt. Besonders zu späterer Stunde, als schon ein wenig mehr Alkohol geflossen ist.

Wir sitzen auf einer Bank inmitten von Menschen und du umgreifst meinen Oberschenkel. Eigentlich schiebst du deine Hand sogar bereits ein Stück unter meinen Rock. Ich halte deine Hand fest, doch einer deiner Finger hat es bereits zu meiner intimsten Zone geschafft und streift mich dort kurz. Das lässt mich kurz hochschrecken. Dich aber auch. Du stellst fest, dass ich heute keine Unterwäsche trage. Ich gebe dir ein „Nicht hier!" zu verstehen und wir entfernen uns ein Stück von der Masse.

Als wir das Gefühl haben, einen ungestörten Ort gefunden zu haben, drückst du mich sofort gegen einen Baum, küsst mich leidenschaftlich und lässt mich direkt deine Erektion spüren, indem du dich fest an mich drückst.

Du ziehst meinen Rock ein Stück hoch und berührst mich sanft, was uns beide schon sehr heiß macht. Als du deinen Kilt hochziehst und dich erneut an mich drückst, verstehe ich: Du trägst heute auch keine Unterwäsche. Du hebst mich ein Stück hoch zu dir, während ich meine Arme um dich herumgeschlungen habe und mich an dir festhalte. Als ich dich in mir spüre, gibt es kein Halten mehr. Es ist schon etwas aufregender, als zu Hause im Bett. Nicht, dass es sonst langweilig ist. Ganz im Gegenteil. Aber es ist nochmal ein extra Kick. Vermutlich hatte ich mich deshalb auch gegen die Unterwäsche entschieden. Vielleicht hatten wir sogar den gleichen Gedanken.

Auch dich scheint diese Situation sichtlich zu erregen. Du bist heute sehr leidenschaftlich und sehr stürmisch unterwegs. Ich entdecke immer wieder neue Seiten an dir. Die Seite gefällt mir.

„So ein schöner Abend!", denke ich mir, während ich mir Gedanken darüber mache, ob wir anschließend noch zum See gehen und dort in eine zweite Runde starten.

EIN BLICK ÜBER DIE SCHULTER

Ich sitze auf einer Bank. Die Sonne scheint und ich schreibe. Ich schreibe an meinem zweiten Buch und bin völlig vertieft in die Geschichte. Mir gehen die Handlungen, die Personen und der Ausgang der Geschichten durch den Kopf. Diverse Gefühlsregungen habe ich natürlich auch. Ich schreibe über Erotik, gewiss lässt mich das nicht kalt. Und ich frage mich, was wohl als nächstes passiert und wohin mich meine Fantasie noch so entführt.

Plötzlich höre ich hinter mir ein „Interessant!". Du lächelst mich an - nein, eher stehst du dort mit einem breiten Grinsen, das du nicht mehr wegbekommst. Du hast gerade einige meiner intimsten Gedanken gelesen.

„Ach ja? Was genau findest du denn so interessant?", frage ich dich leicht provokativ. Du setzt dich neben mich und fragst mich, ob ich Erfahrungsberichte schreibe. Wieder entgegne ich etwas herausfordernd mit „Und? Hättest du etwas Spannendes zu berichten?" Du lachst.

Wir unterhalten uns eine ganze Weile und du lädst mich in ein Café in der Nähe ein. Es scheint dich sehr zu faszinieren, dass ich Erotikgeschichten schreibe. Du fragst mich, wie ich dazu kam, woher ich die Ideen nehme und ob zumindest ein Teil der Geschichten auf echten Begebenheiten beruhen.

Einige Punkte bleiben natürlich geheim. Du fragst mich, ob du mich zu neuen Fantasien anregen darfst und ob ich denn auch einige von den Geschichten umsetzen möchte oder ob ich nur darüber schreibe.

Du sagst, du könntest dir vorstellen, mit mir ein ganzes Buch neu zu erfinden. Langsam wird mir dann doch etwas heiß. „Klingt spannend!", sage ich, während ich versuche, total unaufgeregt zu wirken.

Plötzlich scheinst du es sehr eilig zu haben. Du bittest um die Rechnung, nimmst meine Hand und wir gehen wieder in die Richtung der Bank, an der wir uns begegnet sind. „Unten am Wasser ist es total schön.", sagst du. „Da kommen wir doch gar nicht hin.", entgegne ich. Doch du kennst einen Weg. Einen Geheimweg…

Meine Aufregung steigt. Ich frage mich, was du gleich mit mir vorhast, welche Ideen und Fantasien in dir vorgehen. Wirst du es mir erst noch sagen oder mich direkt hier nehmen? Ich finde dich ja schon sehr anziehend. Und gutaussehend. Und charmant.

Unten angekommen ist es tatsächlich total schön. Ich sehe eine Mauer. Und einen kleinen „Strandabschnitt". Ich bin wie verzaubert. Zumindest sind wir ungestört. Bevor ich etwas sagen kann, drückst du mich schon gegen die Mauer und küsst mich. Du fragst mich, ob auf diese Art schon eine meiner Geschichten begann. Ich sage „Klar, jede einzelne!"

Du drückst dich an mich und lässt mich deine Männlichkeit spüren. Du küsst sehr leidenschaftlich. Ich spüre deine Hände überall an meinem Körper, wie sie alles an mir erkunden und ertasten wollen. Zunächst gehst du sehr zärtlich und gefühlvoll vor. Dann wird es wieder leidenschaftlich und intensiver.

Dein Kopf verschwindet unter meinem Rock und ich muss feststellen, dass sich deine Lippen auch dort sehr gut anfühlen. Ein Schwan schwimmt an uns vorbei. Ich hoffe, dass er sich einen Flügel vor die Augen hält. Aber nichts da. Neugierige Tiere sind das. Du machst weiter, als wären wir hier völlig ungestört. Du scheinst es zu genießen, mich zu lecken. Mein Becken bewegt sich leicht mit. Ich bin sehr angetan von dir. Und von deiner Zunge. Sie ist unglaublich. Du kommst wieder zu mir nach oben, schaust mir tief in die Augen und als ich nicht damit rechne, steckst du mir deinen Finger in meine vor Lust von dir feucht gewordene Vagina.

Nun hast du mich. Ich greife in deinen Schritt und packe etwas fester zu. Dann öffne ich deine Hose und packe dein bestes Stück aus. Ich schließe ihn in meine Hand ein und beginne direkt mit festen und schnellen Bewegungen. „Ich will dich jetzt in mir.", hauche ich dir ins Ohr. Du verschwendest keine Zeit, packst mich direkt und dringst mit voller Entschlossenheit in mich ein. Immer schneller werdend komme ich kaum noch dazu, mich leise zu verhalten. So weit sind wir nun nicht von der Fußgängerzone entfernt. Aber es ist geil. Wir sind geil. Sowas ist mir auch noch nie passiert. Ich sollte öfter draußen schreiben. Du drehst mich, lehnst dich an die Wand und nimmst mich von hinten. Was für ein Genuss. Immer wieder ziehst du mich an dich heran.

Da ist er wieder. Der Schwan. Für einen kleinen Augenblick dachte ich, er hätte mit dem Kopf geschüttelt.

ÜBER DEN DÄCHERN VON PARIS

Es ist ein warmer Sommerabend und wir machen uns gleich auf den Weg zu einer Rooftop-Party über den Dächern von Paris. Ich freue mich darauf - habe ich doch bisher immer nur Gutes davon gehört.

Es ist sowieso egal, wo wir beide zusammen hingehen. Es ist immer schön und immer sehr besonders. Fünf Wochen ist es nun her, dass wir uns kennengelernt haben. Du hast mich in einem Café angesprochen und ich habe mich direkt in deine Augen verliebt. Du bist ein Romantiker, hast aber auch eine draufgängerische Seite, die ich auch sehr liebe. Du bringst mich zum Lachen wie kein anderer. Du bringst mich an Grenzen. Du begleitest mich über Grenzen. Du bringst mich zum Höhepunkt, wie niemand vor dir.

Dein größter Wunsch ist es, heute Abend dort mit mir Sex zu haben. Ich weiß noch nicht so recht, wie das in der Öffentlichkeit so funktionieren soll, aber neugierig bin ich schon. Dementsprechend leicht bekleidet habe ich mich auch angezogen.

Ich trage ein sommerliches Kleid und High Heels. Mehr nicht. Ich weiß, wie gerne du dieses Kleid an mir siehst. Meine Haare trage ich offen. So magst du es am liebsten. Ich bin gespannt, ob du wieder diese verführerisch engen Shorts trägst, die ich so heiß an dir finde.

Es klingelt. Du stehst an der Tür und strahlst mich mit einer Rose in der Hand an. Ich nehme dir die Rose ab und stelle sie in eine Vase mit Wasser. Du flüsterst mir ins Ohr, dass du dich schon den ganzen Tag auf den heutigen Abend gefreut hast und versicherst mir, dass deine Erektion schon den ganzen Tag immer wiederkehrt, sobald du an mich denkst. „An dich, in diesem Kleid.", fügst du hinzu und drückst mir dein hartes Glied an meinen Schoß.

Ich bin von jetzt auf gleich geil, fasse dir an deinen Hintern und ziehe dich noch fester an mich heran. Deine Hand wandert unter mein Kleid, an meinem Oberschenkel entlang. Deine Erregung ist kaum zu bremsen, als du bemerkst, dass ich keine Unterwäsche trage. Du öffnest deine Hose und hebst mich auf das Sideboard, auf dem die Vase steht. Eine schnelle Nummer vor dem eigentlichen Abend kann ja auch nicht schaden. Deine Leidenschaft ist entfesselt. Und immerhin kann man von hier aus auch über Dächer schauen. Ich habe eine riesige Fensterfront, die viele Einblicke zulässt.

„So sollte ein Abend öfter beginnen!", sage ich und schaue dich verliebt an. Du grinst und fragst mich, ob wir jetzt gehen wollen. Also gehen wir. Bei der Party angekommen, finden wir auch direkt eine Ecke für uns, in der wir uns wohlfühlen. Du bestellst uns zwei Cocktails und hast deine Hand kurze Zeit später schon wieder auf meinem Oberschenkel. Langsam arbeitet sie sich weiter hoch und stoppt kurz, als der Kellner mit unseren Getränken kommt. „Auf uns!", sagst du, während du mit der einen Hand dein Glas hebst und mit der anderen meinen Oberschenkel weiter erforscht.

Du bist schon wieder gefährlich nahe an meiner erogenen Zone. Dein Zeigefinger berührt meine Schamlippen und fährt langsam an ihnen hoch und runter. Massierend tastest du dich in mich hinein. Ich bin mittlerweile so heiß, dass ich meine Beine am liebsten weit für dich öffnen würde.

Du machst mich verrückt. Du merkst, wie ich immer feuchter werde und das macht dich auch immer geiler. Ich kann deine Beule in der Hose schon gut erkennen. Ich greife nach der Decke hinter dir, die dort für kältere Stunden ausliegt und lege sie über deinen Schoß. Meine Hand liegt an deiner Hüfte und tastet sich an deinem Gürtel entlang. Ich streiche über deinen Schritt und erfühle ganz genau die Silhouette deines harten Schwanzes.

Durch meinen Positionswechsel hast du nun einen besseren Zugriff auf mich und bist mittlerweile tiefer vorgedrungen. Du gleitest nur so in mir hin und her. Ich genieße es. Ich genieße dich. Mittlerweile höre ich deinen Penis nach mir rufen. Er will raus. Er will an die frische Luft, um dann in mich einzutauchen.

Als ich deinen Reißverschluss öffne, halte ich ihn direkt in der Hand. Dabei muss ich aufpassen, dass sich die Decke nicht gleich verabschiedet und damit unser Geheimnis aufdeckt. Ich denke aber, das wäre dir gerade auch egal, denn du explodierst gleich vor lauter Lustempfinden.

Ich setze mich auf die Decke auf deinem Schoß, um zu schauen, ob das die Aufmerksamkeit auf uns lenkt. Es sind aber alle so sehr mit sich beschäftigt, dass keiner zu uns sieht. Das nutze ich und schiebe die Decke weiter weg. Du ziehst mich an dich heran, auf dich herauf und legst deine Arme liebevoll um mich herum. Langsam und sehr bedacht bewege ich mich auf dir. Du hast deinen Kopf zwischen meinen Brüsten abgelegt und genießt die Situation einfach nur. Und ich genieße dich. Dich und deine gefühlvollen Bewegungen. Und die Aussicht über die Stadt der Liebe.

DAS VERSPRECHEN

„Ich sage nichts!", versichere ich dir. „Das bleibt unser Geheimnis!"

Du schaust mir vertrauensvoll in die Augen, so, als hättest du es sowieso schon gewusst. Dann küsst du mich. Unsere Lippen sind wie füreinander geschaffen. Als hätten sie nur aufeinander gewartet. Ein Kuss von dir und ich werde feucht. Das soll was heißen. Schon allein bei dem Gedanken an dich läuft mir ein Schauer über den Rücken. Ich will dich so sehr!

Du flüsterst mir ins Ohr und gestehst mir dabei, wie lange du schon auf diesen Moment gewartet hast.
„Wie lange?", frage ich neugierig. „Wir kennen uns jetzt 6 Wochen. Also: 6 Wochen!", erwiderst du. Du schiebst mein Top etwas hoch und arbeitest dich zu

meinem BH vor. Deine Hände massieren meine Brüste, während du immer wieder sanft meine Brustwarzen streifst.

Erwähnte ich bereits, dass ich geil bin? Dass du mich unglaublich heiß machst? Ich ziehe dein Shirt aus und öffne deinen Gürtel, während du dich weiter der Erkundung meines Körpers widmest. Im Handumdrehen habe ich dir alles ausgezogen, während bei mir alles zur Seite geschoben ist. Ich ziehe mich nun auch aus und lege mich zu dir auf das Bett.

Du liegst dort total verführerisch. Aufgestellt. Bereit zu wundervollen Taten. Ich schmiege mich an dich. Du streichst mit deiner Hand an meiner Taille entlang, über meine Oberschenkel und drehst mich etwas von dir weg, so dass ich auf dem Rücken liege. Du schiebst dich zwischen meine Oberschenkel, die ich bereitwillig und einladend für dich öffne. Mit sanften Berührungen fährst du fort. Du streichelst meine Scham und übst langsam, nach und nach, etwas mehr Druck aus.

„Genau da will ich dich!", denke ich mir. Du bist so wunderschön anzusehen. Was es alles an dir zu entdecken gibt. Du hast unglaublich schöne, starke Hände. Deine Fingernägel sind gepflegt. Überhaupt alles an dir scheint so perfekt. Du bist rasiert. Jedoch nicht im Gesicht, denn du trägst einen 3 Tage Bart.

Du hast dich weiter vorgetastet und dein Finger dringt nun vorsichtig in mich ein. Allerdings willst du keine Zeit verschwenden. Dein Finger verlässt mein Innerstes wieder und du drückst deinen harten Schwanz an meinen Scheideneingang, so als wolltest du eine Einlassanfrage stellen. Ich genehmige dir den Eintritt und ziehe dich an mich heran. Mit einem anfänglich zögernden Stoß kommst du in mich hinein. Die Intensität steigert sich langsam und meine Lust steigert sich ins Unermessliche.

Es ist so schön, dich auf mir zu spüren,
dich in mir zu spüren,
deine Erregung zu spüren.
Deine Lippen auf meinen zu spüren,
deinen heißen Körper auf meinem zu spüren,
deine Leidenschaft zu spüren.

Dich zu erleben, dich und deine rhythmischen Bewegungen in mir. Deine Lust steigert sich mit jedem Stoß. Immer tiefer bist du bei mir, immer intensiver erlebe ich dich. Ich kralle mich an deinem Rücken fest, als du noch schnellere Bewegungen machst. Du nimmst mich immer härter und ich weiß gar nicht, wie mir geschieht. Du atmest immer heftiger und auch ich arbeite mich auf einen Höhepunkt hin.

Du kommst in mir. Ich spüre, wie du dich in mir entlädst und spüre deine Erleichterung darüber, dass es so ist, wie es ist. Auch ich komme voll und ganz auf meine Kosten und fühle mich danach ungewohnt erfüllt. Ausgefüllt.

Du schaust mich zufrieden an und vergewisserst dich, dass es mir gut geht. Es könnte mir gerade nicht bessergehen. Das war das Beste, was mir seit langem passiert ist.

VERFÜHRUNG PUR

„Heute geht es mal nur um dich!", flüsterst du mir ins Ohr, während du mir sanft über meinen Rücken streichst. Ich trage nur noch meine schwarze Ouvert-Spitzenunterwäsche und bin schon ganz neugierig, was du damit meinst. Mit den Worten „Leg dich schon mal hin." verlässt du den Raum.

Gespannt lege ich mich hin und warte auf dich. Du erscheinst mit einer geschlossenen Box und fragst mich, ob ich bereit bin, mal etwas Neues auszuprobieren. „Ich bin bereit.", sage ich leicht aufgeregt. Während du bereits anfängst, mir die Augen zu verbinden, fragst du mich, ob ich damit einverstanden bin. Ich bin einverstanden.

Mit einer Feder streichst du über meine Arme, über meine Brüste und an meinen Oberschenkeln entlang.

Du greifst erneut in die Box und ich kann zu Beginn gar nicht einordnen, was das sein könnte, womit du meinen Körper erkundest.

Es fühlt sich etwas härter an, verteilt sich aber dennoch auf unterschiedliche Stellen. Als du zum ersten Mal etwas ausholst, glaube ich es zu erkennen. Ich denke, es ist eine kleine Peitsche. Du fragst mich, ob mir das gefällt. Bisher war es schön, also lautet meine Antwort: „Ja, ich lass mich gerne weiter von dir verwöhnen."

Du führst meine Beine etwas auseinander und peitscht nun vorsichtig an meinen Innenschenkeln entlang. „Soll ich es noch etwas kräftiger probieren?", fragst du mich leicht verunsichert - „Oder mit etwas anderem?" Die zweite Frage klang leicht hoffnungsvoll, also sage ich „Ja!"

Du wechselst zu einem anderen Teil, welches direkt auf Anhieb mehr zieht. Ich belohne deinen Enthusiasmus mit einem lustvollen „Ah!" und wundere mich über mich selbst. Du führst dieses Teil an meine Bikinizone und klopfst sanft gegen meine Vulva. Plötzlich wechselst du und haust mir auf die Seite meines Pos. Das kam unerwartet, worauf aber wieder ein „Ah!" meinerseits folgte.

Mit der kleinen Peitsche fährst du über meine Brustwarzen und klopfst meinen Oberkörper leicht ab. Du leckst meine Nippel, während sich dein Oberschenkel an meinem offenen Slip reibt.

Wieder greifst du nach dem härteren Teil und klopfst an meine Vagina. Das lässt mich schon ziemlich geil werden. Du haust mir wieder etwas fester auf die Poseite. In dem Moment, in dem deine Hand meine Scheide berührt, fühlst du meine Geilheit. Mit einem Finger tastest du dich vor und du spürst, wie feucht und wie bereit ich mittlerweile für dich bin. Und ich merke, wie geil dich das macht.

Ich höre, wie du dich weiter ausziehst. Du legst dich auf mich und drückst deinen Penis fest an mich. Meine Hände liegen zusammengefaltet über meinem Kopf. Du hältst sie dort fest und küsst mich.

Gefühlte endlose Augenblicke später dringst du in mich ein. Nichts habe ich mir gerade sehnlicher gewünscht, als dich endlich in mir zu spüren. Mit deinem harten Schwanz stößt du mich zur Ekstase.

DER OFFENE TÜRSPALT

Es war ein langer Tag und ich bin erleichtert, wenn ich gleich zu Hause ankomme und nur für mich sein kann. Ich bin aber froh, dass ich mich noch für den Gang ins Fitnessstudio entschieden habe. Ich fühle mich viel besser und ausgeglichener als vorher.

Doch plötzlich hörte ich ein Geräusch, das ich nicht so recht zuordnen konnte. Es kam aus der Umkleidekabine der Männer. Ein Türspalt war offen und so nutzte ich die Gelegenheit und wagte einen Blick hinein. Dort sah ich - dich!

Du bist mir schon die ganze Zeit im Augenwinkel aufgefallen. Immer wieder hast du zu mir rüber geschaut. Aber kaum habe ich in deine Richtung gesehen, hast du deinen Blick wieder abgewandt. Doch nun bist du hier. Alleine in der Umkleidekabine. Es ist schon spät am Abend und dann ist hier immer wenig los.

Langsam habe ich ein schlechtes Gewissen, dass ich hier stehe und dich so beobachte. Ich befürchte aber, du willst dich eher anziehen, als ausziehen. Du zupfst an deiner Unterhose herum, so als würde etwas nicht richtig sitzen. Ich kann dich nur von hinten sehen und finde das fast ein wenig Schade. Doch dann drehst du dich und ich verstehe nun, warum du versuchst, alles zurechtzurücken. Deine Beule in der Hose spricht für sich.

Du ziehst dir deine Jeans an und setzt dich mit geöffneter Hose hin, um dir schon mal die Schuhe anzuziehen und zuzubinden. Du fasst dir mit deiner linken Hand in die Hose. Ich meine, dir kurz deinen inneren Konflikt anzusehen. Es lässt dir jedoch keine Ruhe. Du schaust dich kurz um, um dich zu vergewissern, dass du alleine bist und ziehst deine Unterhose ein Stück weiter runter.

Ich kann nicht glauben, wobei ich dich jetzt beobachte. Ich wollte doch eigentlich längst zu Hause sein. Für mich. Vor dem Abendprogramm. Aber dieses Programm hier ist irgendwie verlockender, spannender. Und aufregender.

Ich glaube dir deine Erleichterung anzusehen, während du deiner Lust ungehindert nachgehst. Ich höre dein leises Stöhnen, welches sich mit schnellen Handbewegungen vereint.

Wie automatisch verirrt sich meine Hand zwischen meine Beine und ich fange an, mich dort zu streicheln. Von deinem Anblick ist mir ganz heiß geworden. Mit meiner Hand übe ich leichten Druck in meiner Mitte aus und werde dadurch immer geiler. Ich überlege mittlerweile, wie es wäre, würde ich zu dir hereingehen. Oder was passieren würde, würde ich jetzt einfach die Tür ein Stück weit öffnen.

Vielleicht sollte ich mich aber auch einfach ausziehen und mich auf deinen harten Schwanz setzen. Du würdest es mir bestimmt richtig gut besorgen. Du würdest mich richtig hart rannehmen und richtig geil durchficken. Ich würde noch Tage später an dich denken.

Sollte ich jetzt einfach gehen und dich deine Sache zu Ende bringen lassen? Als ich meine Uhr aus der Tasche ziehe, um nachzusehen, wie spät es ist, fällt mir mein Schlüsselbund auf den Boden. Panik breitet sich in mir aus. „Oh nein, wie unangenehm! Jetzt hat er doch bestimmt bemerkt, dass ich hier stehe! Was mache ich denn jetzt?", denke ich mir.

Etwas angespannt schaue ich zu dir herein. Doch du machst weiter. „Das kann doch nicht sein?", frage ich mich, während meine Hand wieder wie von selbst zwischen meine Beine wandert. Ich glaube, du steuerst gerade auf deinen Höhepunkt zu.

Plötzlich schaust du zu mir. Ganz gezielt. Du hast mich doch bemerkt. Ich weiß nicht, ob ich mich ertappt fühlen soll, hierbleiben soll oder ob ich weglaufen soll. Ich entscheide mich fürs stehen bleiben und dir weiter zuzusehen. Das ist ja schon fast eine Einladung. Du kommst zum Höhepunkt und stöhnst erleichtert auf. Als du mich wieder anschaust, drehe ich mich langsam von der Tür weg und mache mich auf den Weg zum Ausgang.

Etwas zeitversetzt gehst du mir nach. Als du auf meiner Höhe angekommen bist, schaust du mich an und fragst: „Hat dir gefallen, was du gesehen hast?"
Ich schaue etwas verlegen auf den Boden und antworte mit einem etwas langgezogenen „Jaaa."
Du lächelst. Ich auch. „Sehen wir uns morgen Abend wieder?", fragst du. „Sehr gerne.", sage ich.

Hoffentlich geht der Tag morgen schnell um, so dass es bald wieder Abend ist! Aber erstmal möchte ich nach Hause und mir selbst etwas Entspannung verschaffen.

DER ATEMBERAUBENDE AUSBLICK

Ich liebe mein neues Appartement. Es liegt mitten im Zentrum und doch etwas separiert. Ich lebe in der 21. Etage und genieße eine atemberaubende Aussicht über die Stadt. Ich könnte ihr Tag und Nacht zusehen. Wie sie liebt, wie sie lebt.

Ich habe dich für heute Abend zum Essen eingeladen und bin schon sehr aufgeregt. Es ist unser drittes Date und ich freue mich schon sehr auf dich. Ich stelle mir bereits seit unserem ersten Zusammentreffen vor, wie es wohl ist, mit dir Sex zu haben. Vielleicht werde ich es heute herausfinden?

Ich erwarte dich in meinem schwarzen Kleid und trage den roten Lippenstift, den du so anziehend an mir findest. Als ich dich an der Tür in Empfang nehme, streckst du mir eine Rose entgegen. Ich nehme deine Hand und führe dich durch meine Wohnung. Auch du bist begeistert von dem Ausblick. „Atemberaubend!", sagst du.

Du stehst etwas versetzt hinter mir und ziehst mich an dich heran. Du hältst mich fest in deinem Arm und so stehen wir nun da - den Ausblick genießend. Als ich mich zu dir umdrehe und Luft hole, um dir zu erzählen, was es als Vorspeise gibt, küsst du mich. Ich gebe dir recht, wer braucht schon eine Vorspeise!

Du ziehst mich auf den Ledersessel, der sich in unmittelbarer Nähe befindet. Ich spüre deine Hände auf meinem Körper, die nach mehr verlangen. Sie fühlen sich dort genau richtig an. Du ziehst mir mein Kleid aus, während ich dich von deinem Hemd befreie. Als du mich wieder näher an dich heranziehst, öffnest du meinen BH. Gleichzeitig öffne ich den Reißverschluss deiner Hose und bemerke, dass sich da schon etwas bei dir regt.

„Dreh´ dich mal!" flüsterst du mir zu. Ich sitze nun mit dem Rücken zu dir auf deinem Schoß. Dein Penis macht auf sich aufmerksam, indem er sich immer wieder sanft gegen mich drückt. Wir beide haben durch die breite Fensterfront nun einen hervorragenden Ausblick über diese wunderschöne Stadt mit den vielen Lichtern.

Du ziehst mich an dich heran, knetest meinen Busen durch und spielst mit meinen Nippeln. Währenddessen bewege ich mich etwas, um deinen harten Penis immer wieder ganz nahe zu spüren.

Du führst deine rechte Hand zwischen meine Beine, streichelst meine Vagina und machst mich damit unglaublich geil. Ich stehe kurz auf, um meinen Slip auszuziehen. Währenddessen trennst du dich von deiner Hose und von deiner Unterhose.

Ich setze mich mit etwas gespreizten Beinen wieder auf dich, den Blick in die Richtung der Stadt. Zielstrebig geht deine Hand wieder dorthin, wo sie zuletzt war und beginnt genau dort wieder, erregende, kreisende Bewegungen auszuführen. Ich genieße das. Ich genieße deinen Finger in mir und deine wundervoll abgestimmten Bewegungen. Ich lege meine Beine jeweils rechts und links auf der Lehne des Sessels ab und gewähre dir damit freien Zugang.

Deine Atmung verändert sich schlagartig. Ich glaube, dein Penis ist nun überreif. Er reibt sich die ganze Zeit an mir, voller Vorfreude bald in mich einzutauchen. Er freut sich auf den ersten Stoß, auf das erste Eindringen, auf die warme, feuchte Umgebung und auf die Reibung. Der Gedanke, dass uns jetzt eigentlich jeder zusehen könnte, macht mich zusätzlich an.

Du machst mich gerade unglaublich geil. Wie deine Hände meine Klitoris stimulieren und wie mich zeitgleich einer deiner Finger befriedigt und genau weiß, was mir gut tut. Dazu noch dein geiler Schwanz an meiner Rückseite. Meine Beine sind weit geöffnet. Für dich. Für die Stadt. Für die Nacht.

Als ich durch deine Hände zum Höhepunkt komme, ziehst du mich zurück, an dich heran, dringst ruckartig mit deinem harten Schwanz in mich ein und fickst mich. Härter, schneller, geiler. Als ich zum zweiten Mal komme, entlädst du dich schlagartig in mir, so, als hättest du nur darauf gewartet.

Danke für dieses einmalige Erlebnis!

DER GEHEIMNISVOLLE UNBEKANNTE

Endlich habe ich es geschafft, mir mal die Stadt anzu-sehen, die mich schon lange angezogen hat. Ja, so ist das manchmal: Viel beschäftigt und wenig Freizeit. Doch jetzt, zur Weihnachtszeit, nehme ich mir die Zeit und lerne eine neue Stadt kennen.

Trotz sorgsamer Vorbereitung laufe ich in komplett entgegengesetzte Richtungen und komme fast zu spät zu der Veranstaltung, die ich so gerne besuchen wollte. Ein wenig Glück hatte ich jedoch, da sich der Beginn etwas verzögert hat.

Dann kamst du - auch zu spät. Du setzt dich in die Reihe vor mir auf einen Platz und fragst mich, ob ich jetzt noch was sehen kann. „Ja, das passt.", antworte ich mehr so beiläufig, ohne dich richtig anzusehen. Zur Pause hin stehst du auf und schaust mich wieder an. Du stehst in einer Schlange und ich schaue immer wieder zu dir hinüber. Wir können nicht anders, als uns anzulächeln. „Mein Gott, bist du schön!", denke ich bei mir. So ein schönes Lächeln und so strahlende Augen habe ich selten gesehen.

Du ziehst mich in deinen Bann. Ich gehe in einem etwas versetzten Abstand hinter dir her. Als ich den nächsten Raum betrete, verlässt du ihn wieder. Wieder bleiben unsere Blicke mit einem breiten Lächeln aneinanderhaften, während du meine Hand im Vorbeigehen streifst.

Als ich fast eine Stufe hoch stolpre, muss ich grinsen, weil es einfach zu mir passt. Jedoch bemerke ich deinen Blick in meinem Nacken. Was du wohl gedacht hast?

Du bist in Begleitung, ich kann aber nicht einordnen, wie ihr zueinandersteht. Als ich beim nächsten Mal an dir vorbeigehe, streife ich dir kurz unbemerkt über den Arm. Du ziehst mich magisch an.

Als ich dich von Weitem beobachte, sehe ich plötzlich einen Ring an deiner Hand. Schade. Wirklich sehr Schade. Wir sehen uns an der Theke wieder und du stehst plötzlich dicht hinter mir. Ich spüre deinen Atem in meinem Nacken. Deine Hände berühren ganz sanft meine Hüfte. So, als könnte ich sie nur erahnen.

Was für ein aufregender Moment. Er soll bitte nicht so schnell enden. Ich möchte deine Nähe noch etwas genießen. Gefühlvoll berühren deine Lippen meine seitliche Halspartie und deine Hände packen nun etwas kräftiger zu. Dieser Moment gehört nur uns.

Vorsichtig und etwas zaghaft drückst du deine Hüfte an meinen Po. Du küsst mich sanft weiter an der Schulter und ich drehe mich langsam zu dir um. Ich berühre deine starke Brust und streiche mit meiner Hand über deinen Oberkörper. Du ziehst mich zu dir heran und drückst deinen steif gewordenen Penis an meinen heißen Körper. Du küsst mich am Hals. Mit meiner rechten Hand berühre ich deinen harten Schwanz. Ich streiche mit meiner Hand mehrmals über die Beule in deiner Hose.

Von mir aus könnten wir es direkt hier hinter der Theke treiben, so heiß bin ich gerade. Du drehst mich allerdings wieder in die andere Richtung, küsst meinen Nacken und drückst deinen harten Schwanz gegen meinen Po.

Als ich mich wieder zu dir umdrehe, hast du wieder dein schönstes Lächeln aufgesetzt und streichst mir mit deiner rechten Hand über die Wange. Dann gehst du. Ich schaue dir nach und bin etwas verwirrt. Langsam und wieder im Sicherheitsabstand gehe ich dir hinterher und bleibe im nächsten Türrahmen stehen. Dort steht sie - auch mit einem Ring am Finger. Ich habe verstanden und gehe zurück an die Theke.

Als du den Raum wieder betrittst, kommst du erneut zielstrebig auf mich zu und schaust mir tief in die Augen. Du berührst mich an der Taille, als wäre es das selbstverständlichste der Welt. Ich greife nach deiner Hand und ziehe sie an deinem Ring hoch. Traurig schaust du zuerst nach unten und dann mir wieder in die Augen. Du gibst mir einen Kuss auf die Stirn, schaust mich etwas sehnsüchtig an und gehst.

Ich wollte ja etwas Neues erleben. Hat geklappt. So etwas habe ich wirklich noch nie erlebt!

DER TANZKURS

Schon lange wollte ich einen Tanzkurs besuchen. Immer hatte ich Ausreden. „Alleine macht das keinen Spaß… Ich weiß nicht, ob das was für mich ist, …"

Letztendlich lernt man ja nur durchs Ausprobieren. Ich bin froh, dass ich mich zur Probestunde angemeldet habe. Ein Partner war auch nicht notwendig.

Lateinamerikanische Klänge. Dazu wollte ich schon immer mal tanzen können. Ich bin so gespannt, wie es wird. Und wer steht da vor mir? Ein waschechter Spanier. Und wie er sich bewegen kann. Da wird mir schon vom Zusehen total heiß und ich habe mich noch nicht einmal bewegt!

Wir sind 13 Personen, eine ist also immer ohne Partner, so dass der Tanzlehrer immer wieder einspringen muss. Und wer ist die 13.? Natürlich ich. Er zeigt uns ein paar Tanzschritte und wir sollen sie dann nach-tanzen. Diese Hüftbewegungen. Wie macht er das bloß?! Wie kann jemand so heiß tanzen?

Er drückt mich an sich, unsere Beine reiben sich anein-ander. Eines seiner Beine befindet sich zwischen mei-nen und eines meiner Beine befindet sich zwischen seinen. Das macht total Sinn - und mich macht es zu-sätzlich noch geil.

Mittlerweile frage ich mich, ob er sich auch im Bett so gut bewegen kann. Ich verwerfe diesen Gedanken schnell wieder, sonst wird das hier nichts mit dem Tanzen. Schon einmal hat er mich gefragt, wo ich mit meinen Gedanken bin. „Zwischen deinen Beinen!", hätte ich am liebsten geantwortet. Aber ich glaube, stattdessen bin ich einfach nur rot geworden.

Ob er es mir ansieht? Sieht man, dass ich scharf auf ihn bin? Dass ich mich kaum noch konzentrieren kann? Dass ich seine Hände jetzt gern woanders, als an meiner Hüfte hätte? Während meiner endlosen Gedan-kenspirale trete ich ihm auf die Füße. „Ok.", sagt er, gibt kurz Anweisungen für den Kurs, der bereits einige Schritte draufhat und sagt, dass wir gleich wieder da sind. Wir?!

Wir gehen in den Umkleideraum und ich stelle mich innerlich schon auf einen Vortrag ein.

Du schließt die Tür hinter dir und währenddessen hole ich schon Luft, um mich gleich zu erklären. Doch du packst mich, küsst mich leidenschaftlich und ziehst mich an dich heran.

Das Tanzen und das Küssen stimmen schon mal überein. Wow! Selten habe ich so viel Leidenschaft erlebt. Du drückst mich gegen die Wand und setzt mich kurz danach auf einer Ablagefläche ab. Du schiebst meinen Rock hoch und berührst meine Oberschenkel. Mit deinem Daumen streifst du meinen Slip. Jede Berührung von dir ist wie ein Stromschlag. Ich öffne den Gürtel deiner Hose und ziehe bereits gleichzeitig an meinem Slip, um ihn loszuwerden.

Ich streife deine Hose nach unten und steige aus meinem Slip heraus. Als ich mich vor dir bücke, sehe ich ihn aus nächster Nähe - deinen harten Penis. Wunderschön und bereit. Bereit, mich zu erkunden und sich in mir wohlzufühlen. Er drängt sich unter meinen Rock und drückt sich hoffnungsvoll gegen meine Vagina.

Als du in mich eindringst, bestätigt sich meine Vermutung bereits schnell. Auch hier kannst du dich hervorragend bewegen. Du weißt genau, was du machst und du weißt genau, wie du eine Frau verrückt machen kannst. Immer wieder stimulierst du den einen so wichtigen Punkt und machst mich damit immer geiler.

„Tanzen bedeutet Hingabe.", flüsterst du mir ins Ohr. Ok, dann gebe ich mich dir jetzt mal hin. Deine Bewegungen werden noch mal schneller und intensiver. Mittlerweile habe ich Sorge um die Ablagefläche. Sie bewegt sich ziemlich heftig mit. Du nimmst mich richtig hart ran. So hat mich lange keiner mehr gefickt. Mit so viel Leidenschaft.

Du kommst tiefer und tiefer in mich hinein. Oh Gott, und wie du dich bewegst!! Von gefühlvoll über leidenschaftlich hart ist bei dir alles dabei. Ich genieße deinen Schwanz in mir. Mit pulsierenden Bewegungen bringst du mich zum Höhepunkt und folgst mir kurze Zeit später.

Als wir zum Kurs zurückkehren, werde ich gefragt: „Und? Hast du es jetzt verstanden?" Ich antworte: „Ja, Tanzen bedeutet Hingabe!"

UNSER ZWEITES MAL

Ich erinnere mich noch an unser erstes Mal in einem Swinger Club. Das war ganz schön aufregend. Für unseren zweiten Besuch haben wir uns schon ein paar Gedanken gemacht und gehen dieses Mal nicht ganz so unvorbereitet dort hin. Wobei wir beim ersten Mal ja einfach erstmal herausfinden wollten, ob das überhaupt etwas für uns ist. Es hat uns beiden gefallen, deshalb werden wir jetzt zu Wiederholungstätern.

„Dann schauen wir mal, ob wir jemanden nach unseren Vorstellungen finden.", sagst du herausfordernd. Wir suchen ein Pärchen, das Lust hat, uns beim Sex zu beobachten. Das Pärchen ist schnell gefunden, allerdings sind sie schneller bei der Sache, als wir und somit übernehmen wir zunächst mal die Rolle der Zuschauer.

Wobei das auch ganz schön heiß ist. Ich bin schon total erregt von den ganzen Gegebenheiten hier vor Ort. Das animiert uns, uns jetzt auch einander hinzugeben. Du schnappst dir meine Brüste und kneifst mir in die Nippel. Zu Hause hätte ich dir wahrscheinlich eine Ohrfeige gegeben, aber ok. Wir sind ja hier, um Neues auszuprobieren.

Zielstrebig greife ich mit einem festen Handgriff zwischen deine Beine. Du lässt einen meiner Nippel wieder los und schaust mich etwas ungläubig, wenn auch frech grinsend, an. Blitzartig öffnest du deine Hose und dein Schwanz reckt sich mir entgegen. Du ziehst mir mein Höschen runter und drückst dich an mich heran.

Du presst mich gegen eine Wand, küsst mich am Hals und immer weiter abwärts. Dein Kopf wandert unter mein knappes Lackkleid und küsst dort nun meine anderen heißen Lippen. Ich stelle mein rechtes Bein auf einer Stuhllehne ab und verschaffe dir damit einen einladenden Zugang. Ich öffne mich für dich.

Mit deiner Zunge machst du mich ganz verrückt. Mittlerweile haben wir, was wir eigentlich wollten: Wir werden beobachtet. Das macht mich gerade noch mehr an - und dazu noch du. Du machst das so unglaublich gut.

Du kommst wieder zu mir hoch und lächelst mich an. Ich stelle mein Bein wieder auf den Boden, nur damit du es direkt wieder zur Lehne zurückführst und dort abstellst. Du fährst mit deiner Hand an meinem Oberschenkel entlang und schiebst meinen Rock ein Stück hoch. Währenddessen schaust du mir wieder tief in die Augen.

Ohne Umwege und mit fester Absicht gleitet dein harter Penis direkt in mich hinein. Du fickst mich. Und wir werden beobachtet. Du fickst mich richtig geil. Meine Hände hast du über mir fixiert. Das Pärchen kommt näher an uns heran. Er setzt sich auf den Stuhl, auf dem mein Bein steht und schaut uns etwas genauer zu. Direkt fängt er an zu onanieren. Die Frau streicht mir über mein Bein und gibt uns ein Zeichen, dass sie gerne mitmachen würde.

Etwas wehmütig gehst du einen Schritt zurück und lässt ihr den Vortritt. Jetzt sehe ich zwei Männer, die bei sich selbst Hand anlegen und uns beiden gespannt zuschauen. Die Frau hat direkt deinen Platz eingenommen und reibt mit ihren Fingern in kreisenden Bewegungen an meiner Klitoris. Sie weiß genau, was sie da macht und so dauert es nicht lange, bis ich komme.

Sie steigt danach direkt auf ihren Partner und reitet ihn weiter. Ich widme mich dir nun auch wieder voll und ganz. Ich knie mich vor deinen Schwanz, kümmere mich sorgsam um ihn und lasse ihn in meinem Mund verschwinden.

Als deine Erregung eine neue Stufe erreicht, setze ich mich auf deinen Schwanz und reite dich. Mit einem Mal stehst du mit mir auf und gehst mit mir in die Richtung des anderen Pärchens. Ich soll mich an der Stuhllehne anlehnen, auf dem die beiden es heftig treiben. Gesagt, getan. Du nimmst mich von hinten. Mit einem Ruck steckst du in mir und fickst mich erneut. Es scheint dir zu gefallen. Mir auch.

VÖLLIG UNBERÜHRT

„Willst du das wirklich?", schaust du mich fragend an. „Ja!", sage ich fast selbstverständlich, während es mich wundert, dass du plötzlich so schüchtern zu sein scheinst.

Ich hatte dir vorgeschlagen, eine beliebige Geschichte aus einem meiner Bücher umzusetzen. Du schienst sehr begeistert, hast mir aber bis jetzt noch nicht gesagt, welche Szene du gerne erleben möchtest.

Deine scheinbare Verunsicherung verunsichert mich. Du kommst normalerweise sehr selbstbewusst rüber. Doch jetzt erlebe ich eine ganz andere Seite an dir. Also nehme ich deine Hand und frage dich, ob du irgendwelche Bedenken hast. Du stammelst etwas herum und ich habe das Gefühl, wir kommen keinen Schritt weiter

- bis ich merke worauf du hinauswillst. Du versuchst mir mitzuteilen, dass es für dich das erste Mal ist. Ein Mann Anfang 40, absoluter Frauenmagnet, Jungfrau. Du sagst, irgendwann hast du einfach den Einstieg verpasst. Und nun sitzen wir hier.

„Möchtest du denn Sex mit mir?", frage ich dich. Wieder schaust du etwas eingeschüchtert nach unten, sagst aber sehr deutlich und entschlossen „Ja!". Ich lege meine Hand auf deinen Oberschenkel und komme dir langsam näher. „Ich bin gespannt, wie es für dich wird.", sage ich noch, bevor ich dich küsse.

Deine vollen Lippen fühlen sich unglaublich gut an. Deine Küsse sind anfangs noch etwas zurückhaltend. Deine Hand macht sich auf den Weg zu meinen Brüsten. Dort angekommen, streichelst du sie sanft. Dein Daumen streicht immer wieder über meine Brustwarze. Das fühlt sich gut an und verlangt nach mehr. Ich lege meine Hand auf die Beule in deiner Hose und packe etwas fester zu, so dass du direkt etwas tiefer einatmen musst.

Deine Hand wandert zwischen meine Beine und streichelt mich sanft. Und obwohl du scheinbar keine Erfahrungen hast, hast du kaum Berührungsängste und machst mich dabei noch so unfassbar geil! Langsam öffne ich den Reißverschluss deiner Hose. Deine

Aufregung steigt spürbar an. Dein Körper ist ganz heiß und deine Küsse werden immer leidenschaftlicher. Wir ziehen uns weiter aus, ich setze mich auf deinen Schoß und nehme dein steifes Glied in meine Hand. Ich befriedige dich - anfangs noch etwas zaghafter.

Deine Hand befindet sich zwischen meinen Beinen und streichelt meine Vagina. Sanft tastest du dich hervor und in mich hinein. Es fühlt sich an, als wolltest du alles ganz genau erfühlen. Du bist sehr vorsichtig und zärtlich. Ich rücke nun etwas näher an dich heran. Du weißt, jetzt ist es soweit. Gleich dringst du in mich ein. Gleich spüre ich deinen noch ahnungslosen harten Penis in mir.

Du fasst mir mit beiden Händen an den Po und ziehst mich näher zu dir heran. Ich halte deinen Penis immer noch in der Hand und weise ihm nun den Weg in mein Inneres. Ich fange an, mich rhythmisch auf dir zu bewegen und du scheinst es einfach nur zu genießen. Dein harter Schwanz fühlt sich so gut in mir an.

Mit einem Ruck liege ich auf dem Rücken und du auf mir drauf. Ich habe verstanden, du magst es schneller. Und härter. Du nimmst mich richtig durch. Ich habe das Gefühl, du holst die letzten 25 Jahre nach, die du verpasst hast. Es ist so geil, wie du mich fickst.

Ich winkle meine Beine noch etwas weiter an, damit du noch tiefer in mich eindringen kannst, was du mir direkt mit einem Stöhnen belohnst.

Eine Szene aus meinem Buch haben wir nun nicht nachgestellt, aber was nicht ist, kann ja noch werden. Ich glaube, wir haben noch eine ereignisreiche Nacht vor uns.

So viele verschenkte Jahre!
Was für eine Verschwendung!

DIE AUSSICHT VOM BALKON

Ich liebe es hier. Wir haben einen hervorragenden Ausblick. Wir befinden uns gerade in einem 6-stöckigen Hotel mit perfektem Ausblick auf das Meer und auf den Pool. Ich stehe hier sehr gerne, während du dich für den Abend fertigmachst.

Es ist so schön hier. Die lauwarmen Abende, die vielen Stände, die auch am Abend noch geöffnet sind, die schönen kleinen Cafés und Restaurants. Es ist schon fast Schade, dass wir in 3 Tagen wieder zurückfliegen. Aber bis dahin sind es ja noch 3 Tage!

Ich lehne mich am Geländer des Balkons an und genieße die Aussicht, als du dich an mich heran-schleichst und deine Hand zielgerichtet unter meinen Rock geht. Ich erschrecke mich kurz. Das Gefühl schwingt aber schnell in Erregung um. Du stehst scheinbar im idealen Winkel und deine Hände wissen sowieso immer genau, was sie tun.

Als du mir im Stehen den Slip herunterziehst, schrecke ich kurz auf und schaue dich doch etwas empört an. Du jedoch schiebst mich mit deiner Hand wieder ganz sanft in die gleiche Position - auf das Geländer gelehnt.

Du trägst nur einen Bademantel, der sich schnell und unauffällig öffnen lässt. Du legst deine Hände an meine Hüfte und schmiegst dich an mich. Ich spüre deinen steifen Penis und kann es kaum erwarten, bis du in mir bist.

Vorsichtig und sehr bedacht dringst du in mich ein. Wir sind hier schließlich mitten auf dem Präsentierteller. In langsamen, sanften Stößen bewegst du dich in mir. Als du etwas schneller wirst, sucht mein Blick nach Beobachtern. Unauffällig kann ich mich nicht mehr verhalten und auch du stößt immer heftiger zu.

Ich lege den Kopf auf meinen Armen ab, die sich immer noch auf das Geländer stützen. Ich bin kurz davor, zu kommen und auch dir merke ich den nahenden Höhepunkt an. Ich verändere nochmal den Winkel, indem ich mich etwas anders hinstelle. Das war's. Das war die ausschlaggebende Veränderung. Als ich komme, kralle ich mich am Geländer fest.

Du kommst in mir und legst deinen Kopf währenddessen auf meinem Rücken ab. Glücklich gehst du einen Schritt zurück, schließt deinen Bademantel wieder und gibst mir einen Kuss auf die Stirn.

Ich genieße weiterhin die Aussicht, während du dich weiter für den Abend fertigmachst.

EIN TAG IN DER SAUNA

„Es wird heiß!", denke ich mir, als ich meine Tasche packe. Ich bin überall glattrasiert und freue mich auf einen aufregenden Tag mit dir. In der Sauna war ich schon lange nicht mehr. Und vor allem noch nie mit einem so schönen Mann. Wir können sogar auswählen. Es gibt eine Textilsauna und eine ohne alles.

Als du mich abholst, fällt mir sofort dein verführerischer Duft auf. Ich würde am liebsten direkt über dich herfallen. Du riechst unglaublich anziehend! Nicht, dass du es sonst nicht tust, aber dieses Mal ist etwas anders.

Du machst mir Komplimente und sagst, dass du dich auf unseren gemeinsamen Tag freust. Du hast uns außerdem eine Paarmassage gebucht und im Anschluss haben wir den Raum noch etwas für uns. Das klingt sehr entspannend - und aufregend - und auch ziemlich erregend.

Dort angekommen, nimmst du meine Hand und wir schauen uns erst mal die Umgebung und das, was uns erwartet, an. Hier gibt es unglaublich viele Möglichkeiten der Entspannung! Wir entscheiden uns dafür, in der Textilsauna anzufangen und ziehen uns um.

Wir treffen uns vor der leeren Sauna wieder, die wir neugierig betreten. Ich bin ziemlich aufgeregt. Wir kennen uns erst ein paar Wochen und obwohl es sich doch schon ziemlich vertraut anfühlt, ist doch noch der Zauber des Neuen und Unbekannten vorhanden.

Während ich es mir gemütlich mache, beobachtest du mich neugierig. Dein Blick zieht mich förmlich aus. Du lächelst dabei und ich kann nur erahnen, was dir gerade durch den Kopf geht.

Du setzt dich neben mich - ganz eng an mich heran und berührst meinen Oberschenkel mit deiner starken Hand. Gefühlvoll gleitet sie an meinem Bein entlang und schiebt meinen Bademantel etwas zur Seite. Ich schaue dich mit einem Lächeln im Gesicht an, während ich deine Berührungen genieße.

Deine Hand nähert sich nun verdächtig meinem empfindsamsten, glattrasierten Bereich an und berührt mich sanft. Du streichelst meine Vagina ganz zart und beobachtest dabei ganz genau, wie ich reagiere. Du küsst meinen Hals, während deine Finger nun etwas mehr Druck ausüben. Ich spreize meine Beine etwas mehr, was du als Einladung wahrnimmst, dich noch etwas intensiver mit mir zu befassen.

Als du mich von meinem Bikinihöschen befreist, fällt mir auf, dass ich die ganze Zeit so sehr bei mir war und mir deine starke Erektion völlig entgangen ist. Deine Badehose hast du bereits ausgezogen. Dein Penis hat sich erwartungsvoll aufgestellt und schaut etwas unter deinem Bademantel hervor. Du kniest dich vor mir hin und schiebst meine Beine noch etwas weiter auseinander. Ich schaue dich etwas ungläubig an, aber bevor ich etwas sagen kann, spüre ich auch schon deine Lippen an meinen.

Deine Zunge sucht sich ihren Weg und macht mich heißer und heißer. Du leckst meine Klitoris und machst mich damit wahnsinnig. Während sich einer deiner Finger in mir befindet, leckst du mich weiter. Und das alles in einem Raum, der nur mit einer Glastür ausgestattet ist. Durch deine Zunge komme ich zum Höhepunkt. Doch das reicht dir noch nicht.

Du packst mich und legst mich sanft auf den Holzbrettern ab. Dein Penis ist mehr als bereit. Und ich bin bereit, dich in mir aufzunehmen. Ich öffne meine Beine für dich. Ich öffne sie ganz weit, so dass du einen guten Einblick hast. Ich will dich. Jetzt. Hier. Und rechts von mir im Blickfeld: die Glastür.

Du bist über mir und dringst mit einem Mal heftig in mich ein. Ich spüre dein hartes Glied in mir und du lässt mich ein weiteres Mal kommen. Ich hoffe, die Kabinen sind schalldicht. Ich höre dein Stöhnen und spüre deinen heißen Atem an meinem Ohr und genieße es so sehr, dich so zu erleben.

Als du zum Orgasmus kommst, stelle ich fest, dass die Scheiben ganz beschlagen sind. Und ich bin mir sicher: Es lag nicht an der Sauna – es lag an uns.